Joseph Karl Benedikt Freiherr von Eichendorff, geboren am 10. März 1788 auf Schloß Lubowitz bei Ratibor in Schlesien, ist am 26. November 1857 in Neiße gestorben.

Die Liebe ist eines der Hauptthemen des Dichters Joseph von Eichendorff. Ein großer Teil seiner Lyrik ist Liebeslyrik, und vor allem in diesen Liebesgedichten, die bis heute nichts von ihrer poetischen Aussagekraft verloren haben, findet der ursprüngliche, volksliedhaft-klare Ton der Gedichte Eichendorffs seinen unmittelbarsten und reinsten Ausdruck.

In mehr als 170 Gedichten und Gedichtzyklen Eichendorffs gibt dieser Band davon Zeugnis: »Glück der Liebe«, »Zauber und Dämonie der Liebe«, »Leid der Liebe« und »Transzendenz der Liebe« – so die Überschriften zu den vier Kapiteln des Buches. Das Nachwort beinhaltet eine kurze Einführung in die Motive der Liebeslyrik Eichendorffs und deren biographischen Hintergrund.

insel taschenbuch 2591

Joseph von Eichendorff

Liebesgedichte

Joseph von Eichendorff
Liebesgedichte

Herausgegeben
von Wilfrid Lutz

Insel Verlag

Umschlagabbildung:
Johann Heinrich Wilhelm Tischbein,
Göttin des Tanzes.

insel taschenbuch 2591
Erste Auflage 2000
Originalausgabe

Hinweise zu dieser Ausgabe am Schluß des Bandes
Vertrieb durch den Suhrkamp Taschenbuch Verlag
Umschlag nach Entwürfen von Willy Fleckhaus
Satz: MZ-Verlagsdruckerei, Memmingen
Druck: Nomos Verlagsgesellschaft, Baden-Baden
Printed in Germany

1 2 3 4 5 6 – 05 04 03 02 01 00

INHALT

SINGT MEIN GANZES HERZ VON IHR

DORT IN MOOSUMRANKTEN KLÜFTEN

1.

Dort in moosumrankten Klüften,
Wo der Kühlung Weste wehn
Und, den Kranz um Schläf und Hüften,
Elfen sich im Tanz ergehn.

2.

Dort harr' ich des lieben Mädchens,
Wenn durchs Grau der Morgen bricht
Und das grüne Rosenpfädchen
Sanft bestreut mit mattem Licht.

3.

Dort harr' ich, wenn sich die Sonne
In des Sees Fluten taucht,
Und der Abend neue Wonne
In des Müden Seele haucht.

DIE ENTSTEHUNG DER AUGENSPRACHE

Seitdem samt Pfeil und Zaubertücken
Man Amor aus der Wirklichkeit verbannt',
Schießt er unsichtbar jetzt und unerkannt,
Doch schlauer noch, mit Mädchenblicken.

Und wie in ird'scher Schwäche Nacht gehüllt,
Der Gottheit Bild im Strom der reinen Liebe spielt,
So schaukelte in seinem Silberschoß
Der See des Sternenhimmels zitternd Bild,
Und traulich flüsterten die Abendwinde
Durch unsre Laube ihre Geisterlieder,
Und leise, leise säuselte die Linde
Aus gold'nem Wipfel süße Schauer nieder.

Süßdrängend fühlte ich an meiner Brust
Sanft deines Busens schwellend Wallen,
Harmonisch schlug dein Herz an meinem,
Daß leis' das meinige dem Schlage lauscht
Und ach! so süß, so himmlisch süß umrauscht
Mich deines Purpurmundes Odemzug.
Umsonst nun lachte mir des Mondes Blick,
Umsonst des Mondtals Goldgewand,
Dich nur erblickt' ich in der Schöpfung Ferne,
Du fülltest meiner Seele tiefsten Raum,
Und wie der Morgendämmrung falbe Sterne
Schnell in des jungen Tages Purpurflammen,
So schmolz Vergangenheit und Zukunftstraum
In dieses Kusses Wollust mir zusammen.

LIEBE
Ode

Mädchen, wenn in deiner Reize
  Wonnemeer mein Blick sich taucht,
Wenn von deinem Purpurmunde
  Heiße Sehnsucht mich durchhaucht;

O, wie schwind't dann jeder Wunsch, der
  Kühn sonst in die Zukunft sah,
Einer nur steht allverschlingend
  Und allmächtig vor mir da!

Ach, der Wunsch, hinwegzuküssen
  Von der Lippen zarten Rot
Sanft' Vergessen des Vergangnen,
  Kraft für Zukunft, Mut für Tod!

Auf dann lodern alle Kräfte,
  Die, in düstrer Nacht versteckt,
In des Herzens Räumen schliefen,
  Von der Liebe Tag geweckt.

Nieder stürzt der Täuschung Vorhang,
  Den des Menschen Sinne ziehn,
Nichtig, und im bunten Wechsel,
  Schwebt, was irdisch ist, dahin!

Nur die Lieb', die ew'ge Schöne,
  Streckt ihr Haupt den Sternen zu;
Unstet kreisen Welt und Zeiten –
  Sie genießt und spendet Ruh!

Sieh – es sinkt die alte Welt mir
  Vor des Geistes kühnem Lauf;
Rosig strahlt mir eine neue –
  Eine Welt der Liebe auf!

Offen, offen steht der Himmel!
  Auf, frei von der Tierheit Last,
Auf zum Vater, wo die Wesen
  Alle heil'ge Lieb' umfaßt!

WIE SELTEN SIND DER FREUDE AUGENBLICKE

Wie selten sind der Freude Augenblicke,
Wie oft läßt man sie unbenutzt entfliehn;
Kaum daß die Holde ich an Busen drücke,
Flieht sie behend' zu einem andern hin.
Drum selig, wem es einmal nur gelungen,
Vom Himmel ab, in seines Nächsten Brust
Die Göttin herzuwinken – stets umschlungen
Sei ihm der Pfad mit reiner Himmelslust!
Drum Dank auch dir, du zartes, holdes Mädchen,
Das du mir jüngst das stille Rosenpfädchen
Der Freud' so unschuldsvoll gedeutet!
Froh war ich, froh – wie, wenn emporgeleitet
Vom Hochgefühl, vom Göttertraum umschwebt,
Mein Geist sich über des Geschickes Wogen
Mit Lyras Silberharmonien hebt. –
Drum weg mit der Verstellung schwarzem Siegel,
Das manches Glück uns schon entzogen,
Die Sprache sei mir heut der Seele Spiegel!

ZU DER BLUME AN KÄTCHEN

Mag es Sommer oder Winter sein,
Verwelkt doch diese Blume niemals nicht,
So bleibe auch ich in der Ferne dein,
Bis der Tod mein treues Herze bricht.

BLUMEN UND LIEBE

Rührt euch Blumen, wacht auf und hebt die verweineten Augen,
Morgenschauer schon gehn kühl über Wiesen und Wald,
Wie eine Braut entsteigt die Sonne dem rosigen Pfühle,
Blickt durch die Welt hin weit, schweigend vor seliger Lust,
Küßt die Tränen euch linde von den gemaleten Wangen,
Die ihr vor Sehnsucht geweint träumend in stillauer Nacht.
Wie sich's nun überall regt und funkelt und jauchzet und sprühet,
Gott! o wie schön ist die Welt, wenn sie die Liebe bescheint!

Wie du verstohlen mich anblickst, Kornblume, aus nickenden Ähren,
Immerfort nach mir gewandt heiter das treublaue Aug',
Wirtlich, verständig, bescheiden, vertraulich, sinnig und herzig –
Deutscher Mädchen Bild bist du mir liebliches Kind!

Hoch und einsam in nächtlichem Garten sah' ich dich leuchten,
Lampe der Vesta klar, himmelwärts hauchend den Duft,
Und ich selber gebannt stand vor dir, in Andacht versunken,
Lilie, Jungfraue schlank, schneeweiße, himmlische Braut!

LIEBESGRUSS (AUCH FÜR LUISE)

Was soll't ich mich so sehr betrüben,
Daß du so weit entfernt von mir?
Ach! ich dahier und du da drüben,
Bist du bei mir und ich bei dir!

JEDER MEINT', DIE SCHÖNSTE WÄR' SEIN LIEB

Jeder meint', die Schönste wär' sein Lieb
Und das Allerbeste, was er schrieb.
Wär' es anders, möcht' keiner heiraten
Und kein Liedchen würd' geraten.

AN LUISE

1816

Ich wollt' in Liedern oft dich preisen,
Die wunderstille Güte,
Wie du ein halbverwildertes Gemüte
Dir liebend hegst und heilst auf tausend süße Weisen,
Des Mannes Unruh und verworrnem Leben
Durch Tränen lächelnd bis zum Tod ergeben.

Doch wie den Blick ich dichtend wende,
So schön in stillem Harme
Sitz'st du vor mir, das Kindlein auf dem Arme,
Im blauen Auge Treu und Frieden ohne Ende,
Und alles lass' ich, wenn ich dich so schaue –
Ach, wen Gott liebhat, gab er solche Fraue!

DER SOLDAT

1.

Ist auch schmuck nicht mein Rößlein,
So ist's doch recht klug,
Trägt im Finstern zu 'nem Schlößlein
Mich rasch noch genug.

Ist das Schloß auch nicht prächtig:
Zum Garten aus der Tür
Tritt ein Mädchen doch allnächtig
Dort freundlich herfür.

Und ist auch die Kleine
Nicht die Schönst' auf der Welt,
So gibt's doch just keine,
Die mir besser gefällt.

Und spricht sie vom Freien:
So schwing' ich mich auf mein Roß –
Ich bleibe im Freien,
Und sie auf dem Schloß.

2.

Wagen mußt du und flüchtig erbeuten,
Hinter uns schon durch die Nacht hör' ich's schreiten,
Schwing' auf mein Roß dich nur schnell
Und küss' noch im Flug mich, wildschönes Kind,
Geschwind,
Denn der Tod ist ein rascher Gesell.

ZUR HOCHZEIT

Was das für ein Gezwitscher ist!
Durch's Blau die Schwalben zucken
Und schrei'n: »sie haben sich geküßt!«
Vom Baum Rotkehlchen gucken.

Der Storch stolziert von Bein zu Bein;
»Da muß ich fischen gehen –«
Der Abend wie im Traum darein
Schaut von den stillen Höhen.

Und wie im Traume von den Höhen
Seh' ich nachts meiner Liebsten Haus,
Die Wolken darüber gehen
Und löschen die Sterne aus.

DER FRIEDENSBOTE

Schlaf' ein, mein Liebchen, schlaf' ein,
Leis durch die Blumen am Gitter
Säuselt des Laubes Gezitter,
Rauschen die Quellen herein;
Gesenkt auf den schneeweißen Arm,
Schlaf' ein, mein Liebchen, schlaf' ein,
Wie atmest du lieblich und warm!

Aus dem Kriege kommen wir heim;
In stürmischer Nacht und Regen,
Wenn ich auf der Lauer gelegen,
Wie dachte ich dorten dein!
Gott stand in der Not uns bei,

Nun droben bei Mondenschein,
Schlaf' ruhig, das Land ist ja frei!

ANKLÄNGE

1.

Liebe, wunderschönes Leben,
Willst du wieder mich verführen,
Soll ich wieder Abschied geben
Fleißig ruhigem Studieren?

Offen stehen Fenster, Türen,
Draußen Frühlingsboten schweben,
Lerchen schwirrend sich erheben,
Echo will im Wald sich rühren.

Wohl, da hilft kein Widerstreben,
Tief im Herzen muß ich's spüren:
Liebe, wunderschönes Leben,
Wieder wirst du mich verführen!

2.

Hoch über stillen Höhen
Stand in dem Wald ein Haus,
So einsam war's zu sehen
Dort über'n Wald hinaus.

Ein Mädchen saß darinnen
Bei stiller Abendzeit,

Tät seidne Fäden spinnen
Zu ihrem Hochzeitskleid.

3.

JAGDLIED

Durch schwankende Wipfel
Schießt güldener Strahl,
Tief unter den Gipfeln
Das neblige Tal.
Fern hallt es am Schlosse,
Das Waldhorn ruft,
Es wiehern die Rosse,
In die Luft, in die Luft!

Bald Länder und Seen
Durch Wolkenzug
Tief schimmernd zu sehen
In schwindelndem Flug,
Bald Dunkel wieder
Hüllt Reiter und Roß,
O Lieb', o Liebe
So laß mich los! –

Immer weiter und weiter
Die Klänge ziehn,
Durch Wälder und Heiden
Wohin, ach wohin?
Erquickliche Frische
Süß-schaurige Lust!
Hoch flattern die Büsche,
Frei schlägt die Brust.

DER SCHALK

Läuten kaum die Maienglocken
Leise durch den lauen Wind,
Hebt ein Knabe froh erschrocken
Aus dem Grase sich geschwind,
Schüttelt in den Blütenflocken
Seine feinen blonden Locken,
Schelmisch sinnend wie ein Kind.

Und nun wehen Lerchenlieder,
Und es schlägt die Nachtigall,
Rauschend von den Bergen nieder
Kommt der kühle Wasserfall,
Rings im Walde bunt Gefieder: –
Frühling, Frühling ist es wieder
Und ein Jauchzen überall.

Und den Knaben hört man schwirren,
Goldne Fäden zart und lind
Durch die Lüfte künstlich wirren –
Und ein süßer Krieg beginnt:
Suchen, Fliehen, schmachtend Irren,
Bis sich alle hold verwirren. –
O beglücktes Labyrinth!

ELFE

Bleib' bei uns! wir haben den Tanzplan im Tal
Bedeckt mit Mondesglanze,
Johanniswürmchen erleuchten den Saal,
Die Heimchen spielen zum Tanze.

Die Freude, das schöne leichtgläubige Kind,
Es wiegt sich in Abendwinden:
Wo Silber auf Zweigen und Büschen rinnt,
Da wirst du die Schönste finden!

MÄDCHENSEELE

Gar oft schon fühlt' ich's tief, des Mädchens Seele
Wird nicht sich selbst, dem Liebsten nur geboren.
Da irrt sie nun verstoßen und verloren,
Schickt heimlich Blicke schön als Boten aus,
Daß sie auf Erden suchen ihr ein Haus.
Sie schlummert in der Schwüle, leicht bedeckt,
Lächelt im Schlafe, atmet warm und leise,
Doch die Gedanken sind fern auf der Reise,
Und auf den Wangen flattert träum'risch Feuer,
Hebt buhlend oft der Wind den zarten Schleier.
Der Mann, der da zum ersten Mal sie weckt,
Zuerst hinunterlangt in diese Stille,
Dem fällt sie um den Hals vor Freude bang
Und läßt ihn nicht mehr all' ihr lebelang.

STECKBRIEF

Grüß' euch aus Herzensgrund:
Zwei Augen hell und rein,
Zwei Röslein auf dem Mund,
Kleid blank aus Sonnenschein!

Nachtigall klagt und weint,
Wollüstig rauscht der Hain,

Alles die Liebste meint:
Wo weilt sie so allein?

Weil's draußen finster war,
Sah ich viel hellern Schein,
Jetzt ist es licht und klar,
Ich muß im Dunkeln sein.

Sonne nicht steigen mag,
Sieht so verschlafen drein,
Wünschet den ganzen Tag,
Daß wieder Nacht möcht' sein.

Liebe geht durch die Luft,
Holt fern die Liebste ein;
Fort über Berg und Kluft!
Und Sie wird doch noch mein!

AUSSICHT

Komm zum Garten denn, du Holde!
In den warmen, schönen Tagen
Sollst du Blumenkränze tragen,
Und vom kühl kristall'nen Golde
Mit den frischen, roten Lippen,
Eh' ich trinke, lächelnd nippen.
Ohne Maß dann, ohne Richter,
Küssend, trinkend singt der Dichter
Lieder, die von selbst entschweben:
Wunderschön ist doch das Leben!

WAHL

Der Tanz, der ist zerstoben,
Die Musik ist verhallt,
Nun kreisen Sterne droben,
Zum Reigen singt der Wald.

Sind alle fortgezogen,
Wie ist's nun leer und tot!
Du rufst vom Fensterbogen:
»Wann kommt das Morgenrot!«

Mein Herz möcht' mir zerspringen,
Darum so wein' ich nicht,
Darum so muß ich singen,
Bis daß der Tag anbricht.

Eh' es beginnt zu tagen:
Der Strom geht still und breit,
Die Nachtigallen schlagen,
Mein Herz wird mir so weit!

Du trägst so rote Rosen,
Du schaust so freudenreich,
Du kannst so fröhlich kosen,
Was stehst du still und bleich?

Und laß sie geh'n und treiben
Und wieder nüchtern sein,
Ich will wohl bei dir bleiben!
Ich will dein Liebster sein!

DIE STUDENTEN

Die Jäger ziehn in grünen Wald
Und Reiter blitzend über's Feld,
Studenten durch die ganze Welt,
So weit der blaue Himmel wallt.

Der Frühling ist der Freudensaal,
Viel tausend Vöglein spielen auf,
Da schallt's im Wald bergab, bergauf:
Grüß' dich, mein Schatz, viel tausendmal!

Viel rüst'ge Bursche ritterlich,
Die fahren hier in Stromes Mitt',
Wie wilde sie auch stellen sich,
Trau' mir, mein Kind, und fürcht' dich nit!

Querüber über's Wasser glatt
Laß werben deine Äugelein,
Und der dir wohlgefallen hat,
Der soll dein lieber Buhle sein.

Durch Nacht und Nebel schleich' ich sacht',
Kein Lichtlein brennt, kalt weht der Wind,
Riegl' auf, riegl' auf bei stiller Nacht,
Weil wir so jung beisammen sind!

Ade nun, Kind, und nicht geweint!
Schon gehen Stimmen da und dort,
Hoch über'n Wald Aurora scheint,
Und die Studenten reisen fort.

JÄGER-KATECHISMUS

Was wollt ihr in dem Walde haben,
Mag sich die arme Menschenbrust
Am Waldesgruße nicht erlaben,
Am Morgenrot und grüner Lust?

Was tragt ihr Hörner an der Seite,
Wenn ihr des Hornes Sinn vergaßt,
Wenn's euch nicht selbst lockt in die Weite,
Wie ihr vom Berg' früh morgens blast?

Ihr werd't doch nicht die Lust erjagen,
Ihr mögt durch alle Wälder gehn;
Nur müde Füß' und leere Magen –
Mir möcht' die Jägerei vergehn!

O nehmet doch die Schneiderelle,
Guckt in der Küche in den Topf!
Sonntags dann auf des Hauses Schwelle,
Krau' euch die Ehfrau auf dem Kopf!

Die Tierlein selber: Hirsch und Rehen,
Was lustig haust im grünen Haus,
Sie fliehn auf ihre freien Höhen,
Und lachen arme Wichte aus.

Doch kommt ein Jäger, wohlgeboren,
Das Horn irrt, er blitzt rosenrot,
Da ist das Hirschlein wohl verloren,
Stellt selber sich zum lust'gen Tod.

Vor allen aber die Verliebten,
Die lad' ich ein zur Jägerlust,

Nur nicht die weinerlich Betrübten;
Die recht von frisch' und starker Brust.

Mein Schatz ist Königin im Walde,
Ich stoß' in's Horn, in's Jägerhorn!
Sie hört mich fern und naht wohl balde,
Und was ich blas', ist nicht verlor'n! –

DER KADETT

Meine Liebste, die ist von allen
Grade die Schönste nicht,
Doch hat mir eben gefallen
Ihr spielendes Augenlicht.

Da kann ich von Glücke sagen,
Denn wär' sie die Schönste just,
Müßt' ich mit allen mich schlagen
Um die Eine nach Herzenslust.

DER POLACK

Und komm' ich, komm' ich ohne Pelz,
Mein' Liebste fragt mich aus:
Wo hast du lassen deinen Pelz?
Und macht sich doch nichts draus.

Da drüben ist gut Schnaps und Bier,
Der Wirt bläst Klarinett,
Da stritten wir, drei oder vier,
Wer's schönste Liebchen hätt'.

Ich aber trank aus deinem Schuh,
Ließ meinen Pelz im Haus
Und eine Handvoll Haar' dazu,
Ich mach' mir gar nichts draus.

DER JÄGER

Was Segeln der Wünsche durch luftige Höh'!
Was bildendes Träumen im blühenden Klee!
Was Hoffen und Bangen, was Schmachten, was Weh!

Und rauscht nicht die Erde in Blüten und Duft?
Und schreitet nicht Hörnerklang kühn durch die Luft?
Und stürzet nicht jauchzend der Quell von der Kluft?

Drum jage du frisch auch dein flüchtiges Reh
Durch Wälder und Felder, durch Täler und See,
Bis dir es ermüdet im Arme vergeh'!

DER BOTE

Am Himmelsgrund schießen
So lustig die Stern',
Dein Schatz läßt dich grüßen
Aus weiter, weiter Fern'!

Hat eine Zither gehangen
An der Tür unbeacht',
Der Wind ist gegangen
Durch die Saiten bei Nacht.

Schwang sich auf dann vom Gitter
Über die Berge, über'n Wald –
Mein Herz ist die Zither,
Gibt ein'n fröhlichen Schall.

DER WINZER

Es hat die Nacht geregnet,
Es zog noch grau in's Tal,
Und ruhten still gesegnet
Die Felder überall;
Von Lüften kaum gefächelt,
Durch's ungewisse Blau
Die Sonne verschlafen lächelt'
Wie eine wunderschöne Frau.

Nun sah ich auch sich heben
Aus Nebeln unser Haus,
Du dehntest zwischen den Reben
Dich von der Schwelle hinaus,
Da funkelt' auf einmal vor Wonne
Der Strom und Wald und Au –
Du bist mein Morgen, meine Sonne,
Meine liebe, verschlafene Frau!

DER POET

Bin ich fern Ihr: schau' ich nieder
Träumend in die Täler hier,
Ach, ersinn' ich tausend Lieder,
Singt mein ganzes Herz von Ihr.
Doch was hilft die Gunst der Musen,

Daß die Welt mich Dichter nennt?
Keiner fragt, wie mir im Busen
Sorge tief und Sehnsucht brennt.

Ja, darf ich bei Liebchen weilen:
Fühl ich froh der Stunden Schwall
Wohl melodischer enteilen
Als der schönste Silbenfall,
Will ich singen, Lippen neigen
Sich auf mich und leiden's nicht,
Und wie gerne mag ich schweigen,
Wird mein Leben zum Gedicht!

DER TANZMEISTER

Wohlgerüstet war ich kommen;
Siegsgewiß, doch wie zum Scherz
Hat ein Blick mein Herz genommen –
Wer kann kämpfen ohne Herz?

So vom Augenblick – geschlagen,
Kniet' ich Armer vor ihr hin,
Hatt' kein Herz nun, ihr zu sagen,
Daß ich ihr Entherzter bin.

DIE BRAUT

Wann die Bäume blühn und sprossen
Und die Lerche kehrt zurück,
Denkt die Seele der Genossen,
Fühlet fern' und nahes Glück.

Selig Weinen sel'ger Herzen!
Wenn das Herz nichts weiter will,
Nicht von Lust erfüllt, noch Schmerzen,
Aber fröhlich ist und still.

Frischer sich die Hügel kränzen,
Heitrer lacht das weite Blau,
Alle Blumen schöner glänzen
Durch des Auges süßen Tau.

Und soll denn das Lieben leiden,
Und, wer leidet, krank auch sein,
Ach, so will ich keine Freuden,
Und mag nicht gesund mehr sein!

DIE GENIALE

Lustig auf den Kopf, mein Liebchen,
Stell' dich, in die Luft die Bein'!
Heisa! ich will sein dein Bübchen,
Heute nacht soll Hochzeit sein!

Wenn du Shakespeare kannst vertragen,
O du liebe Unschuld du!
Wirst du mich wohl auch ertragen
Und noch jedermann dazu. –

DER GLÜCKLICHE

Ich hab' ein Liebchen lieb recht von Herzen,
Hellfrische Augen hat's wie zwei Kerzen,
Und wo sie spielend streifen das Feld,
Ach, wie so lustig glänzet die Welt!

Wie in der Waldnacht zwischen den Schlüften
Plötzlich die Täler sonnig sich klüften,
Funkeln die Ströme, rauscht himmelwärts
Blühende Wildnis – so ist mein Herz!

Wie vom Gebirge in's Meer zu schauen,
Wie wenn der Seefalk, hangend im Blauen,
Zuruft der dämmernden Erd', wo sie blieb? –
So unermeßlich ist rechte Lieb'!

NEUE LIEBE

Herz, mein Herz, warum so fröhlich,
So voll Unruh' und zerstreut,
Als käm' über Berge selig
Schon die schöne Frühlingszeit?

Weil ein liebes Mädchen wieder
Herzlich an dein Herz sich drückt,
Schaust du fröhlich auf und nieder,
Erd' und Himmel dich erquickt.

Und ich hab' die Fenster offen,
Neu zieh in die Welt hinein
Altes Bangen, altes Hoffen!
Frühling, Frühling soll es sein!

Still kann ich hier nicht mehr bleiben,
Durch die Brust ein Singen irrt,
Doch zu licht ist's mir zum Schreiben,
Und ich bin so froh verwirrt.

Also schlendr' ich durch die Gassen,
Menschen gehen her und hin,
Weiß nicht, was ich tu und lasse,
Nur, daß ich so glücklich bin.

FRÜHLINGSNACHT

Über'n Garten durch die Lüfte
Hört' ich Wandervögel ziehn,
Das bedeutet Frühlingsdüfte,
Unten fängt's schon an zu blühn.

Jauchzen möcht' ich, möchte weinen,
Ist mir's doch, als könnt's nicht sein!
Alte Wunder wieder scheinen
Mit dem Mondesglanz herein.

Und der Mond, die Sterne sagen's,
Und in Träumen rauscht's der Hain,
Und die Nachtigallen schlagen's:
Sie ist Deine, sie ist dein!

ERWARTUNG

O schöne, bunte Vögel,
Wie singt ihr gar so hell!
O Wolken, luft'ge Segel,
Wohin so schnell, so schnell?

Ihr alle, ach, gemeinsam
Fliegt zu der Liebsten hin,
Sagt ihr, wie ich hier einsam
Und voller Sorgen bin.

Im Walde steh' und laur' ich,
Verhallt ist jeder Laut,
Die Wipfel nur wehn schaurig,
O komm, du süße Braut!

Schon sinkt die dunkelfeuchte
Nacht rings auf Wald und Feld,
Des Mondes hohe Leuchte
Tritt in die stille Welt.

Wie schauert nun im Grunde
Der tiefsten Seele mich!
Wie öde ist die Runde
Und einsam ohne dich!

Was rauscht? – *Sie* naht von ferne! –
Nun, Wald, rausch' von den Höh'n,
Nun laß Mond, Nacht und Sterne
Nur auf und untergehn!

LEID UND LUST

Euch Wolken beneid' ich
In blauer Luft,
Wie schwingt ihr euch freudig
Über Berg und Kluft!

Mein Liebchen wohl seht ihr
Im Garten gehn,
Am Springbrunnen steht sie
So morgenschön.

Und wäscht an der Quelle
Ihr goldenes Haar,
Die Äugelein helle,
Und blickt so klar.

Und Busen und Wangen
Dürft ihr da sehn. –
Ich brenn' vor Verlangen,
Und muß hier stehn!

Euch Wolken bedaur' ich
Bei stiller Nacht;
Die Erde bebt schaurig,
Der Mond erwacht:

Da führt mich ein Bübchen
Mit Flügelein fein,
Durch's Dunkel zum Liebchen,
Sie läßt mich ein.

Wohl schaut ihr die Sterne
Weit, ohne Zahl,

Doch bleiben sie ferne
Euch allzumal.

Mir leuchten zwei Sterne
Mit süßem Strahl,
Die küss' ich so gerne
Viel tausendmal.

Euch grüßt mit Gefunkel
Der Wasserfall,
Und tief aus dem Dunkel
Die Nachtigall.

Doch süßer es grüßet
Als Wellentanz,
Wenn Liebchen hold flüstert:
»Dein bin ich ganz.«

So segelt denn traurig
In öder Pracht!
Euch Wolken bedaur' ich
Bei süßer Nacht.

GLÜCK

Wie jauchzt meine Seele
Und singet in sich!
Kaum, daß ich's verhehle,
So glücklich bin ich.

Rings Menschen sich drehen
Und sprechen gescheit,

Ich kann nichts verstehen,
So fröhlich zerstreut. –

Zu eng wird das Zimmer,
Wie glänzet das Feld,
Die Täler voll Schimmer,
Weit herrlich die Welt!

Gepreßt bricht die Freude
Durch Riegel und Schloß,
Fort über die Heide!
Ach, hätt' ich ein Roß!

Und frag' ich und sinn' ich,
Wie *so* mir geschehn?: –
Mein Liebchen herzinnig,
Das soll ich heut sehn!

DIE SCHÄRPE

Mein Schatz, das ist ein kluges Kind,
Die spricht: »Willst du nicht fechten:
Wir zwei geschied'ne Leute sind;
Erschlagen dich die Schlechten:
Auch keins von beiden dran gewinnt.«
Mein Schatz, das ist ein kluges Kind,
Für die will ich *leben* und fechten!

1.

In süßen Spielen unter nun gegangen
Sind Liebchens Augen, und sie atmet linde,
Stillauschend sitz' ich bei dem holden Kinde,
Die Locken streichelnd ihr von Stirn und Wangen.

Ach! Lust und Mond und Sterne sind vergangen,
Am Fenster mahnen schon die Morgenwinde:
Daß ich vom Nacken leis die Arme winde,
Die noch im Schlummer lieblich mich umfangen.

O öffne nicht der Augen süße Strahle!
Nur einen Kuß noch – und zum letzten Male
Geh' ich von dir durch's stille Schloß hernieder.

Streng greift der eis'ge Morgen an die Glieder,
Wie ist die Welt so klar und kalt und helle –
Tiefschauernd tret' ich von der lieben Schwelle.

2.

Ein zart Geheimnis webt in stillen Räumen,
Die Erde löst die diamant'nen Schleifen,
Und nach des Himmels süßen Strahlen greifen
Die Blumen, die der Mutter Kleid besäumen.

Da rauscht's lebendig draußen in den Bäumen,
Aus Osten langen purpurrote Streifen,
Hoch Lerchenlieder durch das Zwielicht schweifen –
Du hebst das blüh'nde Köpfchen hold aus Träumen.

Was sind's für Klänge, die an's Fenster flogen?
So altbekannt verlocken diese Lieder,
Ein Sänger steht im schwanken Dämmerschein.

Wach auf! Dein Liebster ist fernher gezogen,
Und Frühling ist's auf Tal und Bergen wieder,
Wach auf, wach auf, nun bist du ewig mein!

DAS FLÜGELROSS

Ich hab' nicht viel hienieden,
Ich hab' nicht Geld noch Gut;
Was vielen nicht beschieden,
Ist mein: – der frische Mut.

Was andre mag ergötzen,
Das kümmert wenig mich,
Sie leben in den Schätzen,
In Freuden lebe ich.

Ich hab' ein Roß mit Flügeln,
Getreu in Lust und Not,
Das wiehernd spannt die Flügel
Bei jedem Morgenrot.

Mein Liebchen! wie so öde
Wird's oft in Stadt und Schloß,
Frisch auf und sei nicht blöde,
Besteig' mit mir mein Roß!

Wir segeln durch die Räume,
Ich zeig' dir Meer und Land,

Wie wunderbare Träume
Tief unten ausgespannt.

Hellblinkend zu den Füßen
Unzähl'ger Ströme Lauf –
Es steigt ein Frühlingsgrüßen
Verhallend zu uns auf.

Und bunt und immer wilder
In Liebe, Haß und Lust
Verwirren sich die Bilder –
Was schwindelt dir die Brust?

So fröhlich tief im Herzen,
Zieh' ich all' himmelwärts,
Es kommen selbst die Schmerzen
Melodisch an das Herz.

Der Sänger zwingt mit Klängen
Was störrig, dumpf und wild,
Es spiegelt in Gesängen
Die Welt sich göttlich mild.

Und unten nun verbrauset
Des breiten Lebens Strom,
Der Adler einsam hauset
Im stillen Himmelsdom. –

Und sehn wir dann den Abend
Verhallen und verblühn,
Im Meere, kühle labend,
Die heil'gen Sterne glühn:

So lenken wir hernieder
Zu Waldes grünem Haus,
Und ruhn vom Schwung der Lieder
Auf blüh'ndem Moose aus.

O sterndurchwebtes Düstern,
O heimlich stiller Grund!
O süßes Liebesflüstern
So innig Mund an Mund!

Die Nachtigallen locken,
Mein Liebchen atmet lind,
Mit Schleier zart und Locken
Spielt buhlerisch der Wind.

Und schlaf' denn bis zum Morgen
So sanft gelehnt an mich!
Süß sind der Liebe Sorgen,
Dein Liebster wacht für dich.

Ich halt' die blüh'nden Glieder,
Vor süßen Schauern bang,
Ich laß dich ja nicht wieder
Mein ganzes Leben lang! –

Aurora will sich heben,
Du schlägst die Augen auf,
O wonniges Erbeben,
O schöner Lebenslauf! –

DER JUNGE EHEMANN

Hier unter dieser Linde
Saß ich viel tausendmal
Und schaut' nach meinem Kinde
Hinunter in das Tal,
Bis daß die Sterne standen
Hell über ihrem Haus,
Und weit in den stillen Landen
Alle Lichter löschten aus.

Jetzt neben meinem Liebchen
Sitz' ich im Schatten kühl,
Sie wiegt ein muntres Bübchen,
Die Täler schimmern schwül,
Und unten im leisen Winde
Regt sich das Kornfeld kaum,
Und über uns säuselt die Linde –
Es ist mir noch wie ein Traum.

DER BRÄUTIGAM

Von allen Bergen nieder
  So fröhlich Grüßen schallt –
Das ist der Frühling wieder,
  Der ruft zum grünen Wald!

Ein Liedchen ist erklungen
  Herauf zum stillen Schloß –
Dein Liebster hat's gesungen,
  Der hebt dich auf sein Roß.

Wir reiten so geschwinde,
   Von allen Menschen weit. –
Da rauscht die Luft so linde
   In Waldeseinsamkeit.

Wohin? im Mondenschimmer
   So bleich der Wald schon steht. –
Leis rauscht die Nacht – frag' nimmer,
   Wo Lieb' zu Ende geht!

PAROLE

Sie stand wohl am Fensterbogen
Und flocht sich traurig ihr Haar,
Der Jäger war fortgezogen,
Der Jäger ihr Liebster war.

Und als der Frühling gekommen,
Die Welt war von Blüten verschneit,
Da hat sie ein Herz sich genommen
Und ging in die grüne Heid.

Sie legt das Ohr an den Rasen,
Hört ferner Hufe Klang –
Das sind die Rehe, die grasen
Am schattigen Bergeshang.

Und abends die Wälder rauschen,
Von fern nur fällt noch ein Schuß,
Da steht sie stille, zu lauschen:
»Das war meines Liebsten Gruß!«

Da sprangen vom Fels die Quellen,
Da flogen die Vöglein in's Tal.
»Und wo ihr ihn trefft, ihr Gesellen,
Grüßt mir ihn tausendmal!«

SONST

Es glänzt der Tulpenflor, durchschnitten von Alleen,
Wo zwischen Taxus still die weißen Statuen stehen,
Mit goldnen Kugeln spielt die Wasserkunst im Becken,
Im Laube lauert Sphinx, anmutig zu erschrecken.

Die schöne Chloe heut spazieret in dem Garten,
Zur Seit' ein Kavalier, ihr höflich aufzuwarten,
Und hinter ihnen leis Cupido kommt gezogen,
Bald duckend sich im Grün, bald zielend mit dem Bogen.

Es neigt der Kavalier sich in galantem Kosen,
Mit ihrem Fächer schlägt sie manchmal nach dem Losen,
Es rauscht der taftne Rock, es blitzen seine Schnallen,
Dazwischen hört man oft ein art'ges Lachen schallen.

Jetzt aber hebt vom Schloß, da sich's im West will röten,
Die Spieluhr schmachtend an, ein Menuett zu flöten,
Die Laube ist so still, er wirft sein Tuch zur Erde
Und stürzet auf ein Knie mit zärtlicher Gebärde.

»Wie wird mir, ach, ach, ach, es fängt schon an zu dunkeln –«
»So angenehmer nur seh' ich zwei Sterne funkeln –«
»Verwegner Kavalier!« – »Ha, Chloe, darf ich hoffen? –«
Da schießt Cupido los und hat sie gut getroffen.

DAS FRÄULEIN IST EIN SCHÖNES KIND

Das Fräulein ist ein schönes Kind,
Sie hat so munt're Augen,
Die Augen so verliebet sind,
Zu sonst sie gar nichts taugen.

ARIA

O Liebe! Leiterin der Herzen!
Jetzt fühl' ich deine herbe Pein,
Jetzt fühl' ich deine heißen Schmerzen,
Ja, dir nur leb' ich ganz allein!
Du reichest an der Gottheit Frieden,
Du machst die Erde uns hienieden
Zum sel'gen Götter-Aufenthalt.
Das Leben ohne dich ist ka –
Ka – ka – ka, a – a – a – ka – kalt!

BLAUER HIMMEL, BLAUE AUGEN

Blauer Himmel, blaue Augen,
Schöne Rosen, roter Mund!
In den Himmel will ich tauchen,
Rosen pflücken von dem Mund. –

ES STÜRZT DER STROM, ES RAUSCHT DER WALD

Es stürzt der Strom, es rauscht der Wald,
Viel kühle, freie Bergesluft!
Aus fernem Tal das Horn erschallt –
Es ist der Liebste, der da ruft!

ES RAUSCHT DER FRÜHLING

Es rauscht der Frühling
  Weit in die Rund'
Jauchzend vom Gipfel
  Bis zum fernsten Grund!

Sie steigt vom Schlosse
  Zu mir zum Grund –
Nun rausch' erst, sel'ge,
  Selige Rund'!

DAS TAL LÄSST NUN DAS TRAUERN

Das Tal läßt nun das Trauern,
  Da blüht nun Tag und Nacht,
Wie lang' soll's nun noch dauern
  Bis zu meinem Hochzeitstag?

UND WENN ICH EINEN LIEBSTEN HAB'

Und wenn ich einen Liebsten hab',
Lieb' ihn in Freud' und Not,
Ein Bettlein und ein kühles Grab,
Getreu bis in den Tod.

O IHR GÜT'GEN UND CHARMANTEN

O ihr Güt'gen und Charmanten!
Auf der späten Wanderung
Nehm't der lust'gen Musikanten
Ganz ergeb'ne Huldigung!

Jeder schlürft und denkt die Seine,
Und wer nichts besond'res weiß:
Nun – der trinkt in's Allgemeine
Frisch zu aller Schönen Preis –

Ob sie schmäh'n, ob sie sich zieren:
Musikanten spielen drein,
Brechen so im Musizieren
Kühn in Tür und Herzen ein!

UND AUGEN VERSTOHLEN

Und Augen verstohlen,
Wenn alles im Schlaf,
Da kommt er mich holen –
S'ist ein vornehmer Graf.

GRUSS

Über Wipfel und Saaten
In den Glanz hinein –
Wer mag sie erraten,
Wer holte sie ein? –
Gedanken sich wiegen,
Die Nacht ist verschwiegen,
Gedanken sind frei.

Es rät es nur eine,
Wer an sie gedacht
Beim Rauschen der Haine,
Wenn niemand mehr wacht,
Als die Wolken, die fliegen,
Mein Lieb ist verschwiegen
Und schön wie die Nacht. –

WECKE NICHT DIE ZAUBERLIEDER

Von Bergeshöhen Abendstrahlen fließen
  Durch goldne Wipfel, die sehnsüchtig rauschen;
  Da nun die Flur umblüht so selig Träumen,
  Ist auch die Erde wohl ein duft'ger Himmel,
  Wo aufgegangen hold der Blumen Sterne,
  Als goldne Wolken ziehn der Vögel Lieder.
So mögen auch der Schäferflöte Lieder
  Aus jungem Herzen durch die Zauber fließen!
  O Töne süß! nehmt mit euch Duft' und Sterne
  Und Dunkelgrün und sanfter Quellen Rauschen,
  Daß Sie, besingt von solch' zaubrischen Träumen,
  Auf Flur und Au auftut der Augen Himmel.
So schwüle stand der dunkelblaue Himmel –
  Wohl fühlt' ich innerst überschwenglich Lieder,
  Hört' ich von fern der silbern Ströme Fließen,
  Des großen Frühlings ewig lockend Rauschen,
  Durch meine Nächte wandeln einsam' Sterne –
  Doch nicht erholen konnt' ich mich vom Träumen.
O süßer Kuß, so mich geweckt vom Träumen!
  O süßer Abgrund in der Augen Himmel,
  In den nun sanken meiner Blicke Sterne!
  Jetzt sagen nur die langverhaltnen Lieder,
  Der Tränen Bronnen, die so süße fließen,
  Von ew'ger Treu' in kühlen Waldes Rauschen.
Betrachtend solcher Schöne süß' Berauschen,
  Die nur von Blumen, Sternen scheint zu träumen,
  Sag' ich gar oft: Solch Liebreiz mußt' vom Himmel
  In stiller Nacht von goldnen Sternen fließen,
  Da, wie der Erd' enthoben meine Lieder
  Nun sich besprechen mit euch, Monden, Sterne.
Euch Abendhügel und euch, goldne Sterne,
  Schon funkelnd durch des dunkeln Waldes Rauschen,

Ihr Augen aus der Nächte Liebes-Träumen,
Euch schwört die junge Brust voll frommer Lieder:
Stets werd' ich knien unter diesem Himmel,
Der so mit ew'gem Lenz will auf mich fließen!
Ihr Glanzgewand seh' ich vom Hügel fließen,
Nun senkt euch ganz süß Dunkelheit und Sterne,
Webend um uns den goldensten der Träume!

MADRIGAL

O Strom auf morgenroten Matten!
Rubin, Smaragden deine Wellen,
Dann in des blauen Mittags schwülen Schatten,
Rauschend in Abendglanz versunken,
Bis du der Nächte Licht getrunken,
So muß mein Leben rastlos quellen,
Sich selber lauschend oft das sel'ge Herze,
O Liebe süß, o Lust im Schmerze!

DER SCHIFFER

Du schönste Wunderblume süßer Frauen!
Ein Meer bist du, wo Flut und Himmel laden,
Fröhlich zu binden von des Grüns Gestaden
Der Wünsche blüh'nde Segel voll Vertrauen.

So schiffend nun auf stillerblühten Auen,
In Lockennacht, wo Blicke zaubrisch laden,
Des Mund's Korall'n in weißem Glanze baden,
Wen füllt' mit süßem Schauer nicht solch Schauen!

Viel hab' ich von Sirenen sagen hören,
Stimmen, die aus dem Abgrund lockend schallen
Und Schiff und Schiffer ziehn zum kühlen Tode.

Ich muß dem Zauber ew'ge Treue schwören,
Und Ruder, Segel laß' ich gerne fallen,
Denn schönres Leben blüht aus solchem Tode.

DAS BILDNIS

Romanze

Der Knab' im grünen Walde
Ließ gerne Flur und Feld;
Das Waldhorn ferne schallte,
So weit lag alle Welt.
Er fragte: was er weine
Auf blumenreicher Au,
Was dieser Frühling meine,
Die Lüfte mild und blau?

Er kam zum dunkelhellen
Wundersam grünen Ort,
Da rauschten Wald und Quellen
Zaubrisch in einem fort;
Die zogen sich um sein Herze,
Da mußt' er niederknie'n,
Gebannt in süßem Schmerze,
Mocht' nicht mehr weiterziehn.

Dort stand eine Jungfrau milde,
Mit Kron' und Edelgestein',
Die in das grüne Wilde
Sandten vielsüßen Schein.

Süß Singen auf und nieder,
Und Blühen zu schauen war,
Nicht Farben waren's, noch Lieder,
Eine Glorie nur mild und klar.

Himmlische Rosen neigen
Sich ihr um Wang und Brust,
Sie selber schien zu schweigen
Vor Wehmut und vor Lust,
Wie diese Melodien
Ihr schlagen an die Brust,
Als wollt' die Welt sie ziehen
Liebend an ihre Brust. –

»O Königin vielsüße,
Du schöne Waldesbraut!
Wie dich auch alles grüße
Mit holdem Frühlingslaut:
Mehr kann dir keiner geben,
Als ich dir geben muß,
Es wird mein ganzes Leben
Zum blüh'nden Liebesgruß.

Wo bin ich denn gewesen
Entfernt von dir so lang?
Jetzt bin ich erst genesen,
In süßer Liebe krank.
Ach! was ich lieb' und habe,
Es war ja immer dein,
Lassend der Erde Gabe,
Bleib' du die Geliebte mein!«

Wie Schmerzen süß zu Schmerzen
Neigend die Königin,

Reicht sie von ihrem Herzen
Ihm eine Blume hin.
»Die Blume wohl bewahre!
Soll ewig dich umblühn,
Zieht dich nach einem Jahre
Wieder zu mir in's Grün.«

Nun schwiegen Wald und Quelle,
Versunken war die Braut,
Der Wald tät' auf sich helle,
Weit in den Lenz er schaut.
Nun wußt' er, was er weinte
Allein auf grüner Au;
Was dieser Frühling meinte,
Die Luft so lind und blau.

Und wie der Lenz von neuem
Mit tausend Stimmen sang,
Da ward dem Vielgetreuen
In seinem Tal so bang.
Er kniete zu der Stunde
Hin an des Hügels Hang,
Die Blume an dem Munde,
Die duftend ihn durchdrang.

Und aus der Blum' erstunde
Ein Glorifizieren mild,
Und in des Kelches Grunde
Blühte der Liebsten Bild.
Es macht' das süße Wunder
Süß alle Tränen los,
Sog alle Sinne hinunter
In seinen Farbenschoß

Ein wunderbares Glimmen
Nun aus dem Frühling brach,
Rings überschwenglich' Stimmen
Tief lockend wurden wach,
Die Geliebte sah er schwimmen,
Als ob sie zu ihm sprach,
Und dieses Stromes Stimmen
Zogen den Liebsten nach. –

IN BUDDE'S STAMMBUCH

Es ist ein innig Ringen, Blühn und Sprossen,
Und träumend Rauschen tief in allen Zweigen,
Vor großer Wonne wieder selig' Schweigen,
Und klarer Liebesglanz drum ausgegossen.

Zwei Kindlein ruhn im Glanze, eng umschlossen,
Und goldne Vöglein in den grünen Zweigen,
Und Engel singend auf und nieder steigen –
So ist des Lenzes innerst Herz erschlossen.

Wer wollt' nicht schlummern in der Blume
mitten inne? –
Ein Kuß weckt dich von unsichtbarem Munde,
Da ist zu duft'gem Land die Blum' zerronnen,

Und Lieder rufen aus dem blüh'nden Grunde,
Hat Fabel drum ihr magisch Netz gesponnen –
Das ist das alte ew'ge Reich der Minne.

ROMANZE

Schöne Blume, die du mit den
Goldnen Sternen liebst zu wachen,
Kennend weiter kein Verlangen,
Als den Durst nur nach Verlangen,
Laß der Seide Zauberhimmel
Lockend, Süße, dich umwallen,
Der in Düften scheint zu rinnen
Vor des Leibes süßem Strahlen.
Nicht noch raube aus den Locken,
Von dem Busen, weißen Armen
Die Karfunkel, Gold, Rubinen,
Edler Steine Zaubergarten,
Welcher süße Nächte träumet,
Von dem Abendrot der Wangen,
Von der Augen Dunkelheiten,
Von des Liebesmunds Korallen,
Von der überird'schen Schöne
Wunderbarem süßen Abgrund.
Denn nicht Schmuck sind sie zu nennen,
Mit dir sind sie aufgewachsen,
Eine holde Wunderblume,
Vor des Tages Strahl erblassend,
In der Stille goldner Nächte
Mildes Glänzen gern entfaltend,
Felsen, Bäumen, Blumen, Sternen,
Wie du liebest, süß zu sagen.
Sieh! der Himmel glänzt so heiter,
Trete aus den dunkeln Hallen,
Da Wald, Ströme, Tale, Sterne
Dich so liebeselig laden!

Die Lerchen schwirren lustig,
Die Lieb' steht vor dem Haus,
Dehnt sich nach einem Knaben
Ins Morgenrot hinaus.

Die Lieder dich so rühren,
Vergehend mit dem Wind,
Süß' Äuglein dich verführen,
Die so verliebet sind. –

Ein trüglich Bild der Frauen
Sitzt draußen auf dem Thron,
Drei Federn hoch von Pfauen
Hat sie auf ihrer Kron.

Von Steinen Blumen prangen
Im Kleide goldenreich,
Gemalet sind die Wangen,
Doch unten totenbleich.

Sie wird dich lockend preisen,
Ziehst du vorbei, mein Kind,
Doch falsch sind ihre Weisen,
Wie Wind und Wellen sind.

Die weiße Brust ganz offen,
Die Buhle dich anlacht –
Weltlust und eitel Hoffen,
Das ist die falsche Pracht.

Und Tosen bunt und bunter
Schallt lustig in die Rund',

Lockt schwindelnd dich hinunter
Zum tiefbewegten Grund.

DU HAST MIR WOHL GEGEBEN

Du hast mir wohl gegeben
Ein Herz, das hat nicht Ruh,
Und mitten in dem Leben
Sehnt es sich immerzu.

Ich weiß nicht, was im Herzen
Mich so lebendig rührt,
In tausend Lust und Schmerzen
Mich ewig nun verführt.

NICHT LAULICH MAG ICH IN DER LIEBE SEIN

1.

Nicht laulich mag ich in der Liebe sein,
Kalt oder lodernd wie ein glühend Feuer,
Von Lust und Liebe gibt's nur faden Schein,
Wo Amor nicht ergriffen hat das Steuer.

2.

Wer noch bei Sinnen, ist kein rechter Freier,
Wirf von dir, was noch dein,
Der stirbt vor Liebe nicht, ein Halbgetreuer,
Wer von der Liebe mehr verlangt als Pein.

3.

Gleichwie ein Schiff, wenn sich die Wetter schwärzen,
An tückschen Klippen treibt bei finstrer Nacht,
Im Meer der Wind und der Wogen Spiel:

4.

So auf dem weiten Meer der Schmerzen
Such' ich, auf neue Liebe nur bedacht,
Im Hoffnungslosen meines Glückes Ziel.

DIE NACHT

Wie schön, hier zu verträumen
Die Nacht im stillen Wald,
Wenn in den dunklen Bäumen
Das alte Märchen hallt.

Die Berg' im Mondesschimmer
Wie in Gedanken stehn,
Und durch verworrne Trümmer
Die Quellen klagend gehn.

Denn müd' ging auf den Matten
Die Schönheit nun zur Ruh,
Es deckt mit kühlen Schatten
Die Nacht das Liebchen zu.

Das ist das irre Klagen
In stiller Waldespracht,
Die Nachtigallen schlagen
Von ihr die ganze Nacht.

Die Stern' gehn auf und nieder –
Wann kommst du, Morgenwind,
Und hebst die Schatten wieder
Von dem verträumten Kind?

Schon rührt sich's in den Bäumen,
Die Lerche weckt sie bald –
So will ich treu verträumen
Die Nacht im stillen Wald.

SCHLIMME WAHL

Du sahst die Fei ihr goldnes Haar sich strählen,
Wenn morgens früh noch alle Wälder schweigen,
Gar viele da im Felsgrund sich versteigen,
Und weiß doch keiner, wen sie wird erwählen.

Von einer andern Dam' hört' ich erzählen
Im platten Land, die Bauern rings dir zeigen
Ihr Schloß, Park, Weiler – alles ist dein eigen,
Frei'st du das Weib – wer möcht' im Wald sich quälen!

Sie werden dich auf einen Phaeton heben,
Das Hochzeitskarmen tönt, es blinkt die Flasche,
Weitrauschend hinterdrein viel vornehm Wesen.

Doch streift beim Zug dich aus dem Walde eben
Der Feie Blick, und brennt dich nicht zu Asche:
Fahr wohl, bist nimmer ein Poet gewesen!

LOCKUNG

Hörst du nicht die Bäume rauschen
Draußen durch die stille Rund'?
Lockt's dich nicht, hinabzulauschen
Von dem Söller in den Grund,
Wo die vielen Bäche gehen
Wunderbar im Mondenschein
Und die stillen Schlösser sehen
In den Fluß vom hohen Stein?

Kennst du noch die irren Lieder
Aus der alten, schönen Zeit?
Sie erwachen alle wieder
Nachts in Waldeseinsamkeit,
Wenn die Bäume träumend lauschen
Und der Flieder duftet schwül
Und im Fluß die Nixen rauschen –
Komm herab, hier ist's so kühl.

DAS ZAUBERNETZ

Fraue, in den blauen Tagen
Hast ein Netz du ausgehangen,
Zart gewebt aus seidnen Haaren,
Süßen Worten, weißen Armen.

Und die blauen Augen sprachen,
Da ich waldwärts wollte jagen:
»Zieh' mir, Schöner, nicht von dannen!«
Ach, da war ich dein Gefangner!

Hörst du nun den Frühling laden? –
Jägers Waldhorn geht im Walde,
Lockend grüßen bunte Flaggen,
Nach dem Sänger alle fragen.

Ach, von euch, ihr Frühlings-Fahnen,
Kann ich, wie von dir, nicht lassen!
Reisen in den blauen Tagen
Muß der Sänger mit dem Klange.

Flügel hat, den du gefangen –
Alle Schlingen müssen lassen
Und er wird dir weggetragen,
Wenn die ersten Lerchen sangen.

Liebst du, treu dem alten Sange
Wie dem Sänger, mich wahrhaftig:
Laß' dein Schloß, den schönen Garten,
Führ' dich heim in Waldesprachten!

Auf dem Zelter sollst du prangen,
Um die schönen Glieder schlanke
Seide, himmelblau, gespannet,
Als ein süßgeschmückter Knabe.

Und der Jäger sieht uns fahren,
Und er läßt das Wild, das Jagen,
Will nun ewig mit uns wandern
Mit dem frischen Hörnerklange.

Wer von uns verführt den andern,
Ob es deine Augen taten,
Meine Laut', des Jägers Blasen? –
Ach, wir können's nicht erraten;

Aber um uns drei zusammen
Wird der Lenz im grünen Walde
Wohl ein Zaubernetze schlagen,
Dem noch keiner je entgangen.

NACHT

1.

Die Vöglein, die so fröhlich sangen,
Der Blumen bunte Pracht,
'S ist alles unter nun gegangen,
Nur das Verlangen
Der Liebe wacht.

2.

Tritt nicht hinaus jetzt vor die Tür,
Die Nacht hat eignen Sang,
Das Waldhorn ruft, als rief's nach dir,
Betrüglich ist der irre Klang,
Endlos der Wälder Labyrinth –
Behüt' dich Gott, du schönes Kind!

3.

Über'm Lande die Sterne
Machen die Runde bei Nacht,
Mein Schatz ist in der Ferne,
Liegt am Feuer auf der Wacht.

Über's Feld bellen Hunde;
Wenn der Mondschein erblich,
Rauscht der Wald auf im Grunde:
Reiter, jetzt hüte dich!

4.

Hörst du die Gründe rufen
In Träumen halb verwacht?
O, von des Schlosses Stufen
Steig nieder in die Nacht! –

Die Nachtigallen schlagen,
Der Garten rauschet sacht,
Es will dir Wunder sagen
Die wunderbare Nacht.

FRÜHLINGSNETZ

Im hohen Gras der Knabe schlief,
Da hört' er's unten singen,
Es war, als ob die Liebste rief,
Das Herz wollt' ihm zerspringen.

Und über ihm ein Netze wirrt,
Der Blumem leises Schwanken,
Durch das die Seele schmachtend irrt
In lieblichen Gedanken.

So süße Zauberei ist los,
Und wunderbare Lieder

Gehn durch der Erde Frühlingsschoß,
Die lassen ihn nicht wieder.

DIE JÄGER

Wir waren ganz herunter,
Da sprach Diana ein,
Die blickt' so licht und munter,
Nun geht's zum Wald hinein!

Im Dunkeln Äuglein funkeln,
Cupido schleichet leis,
Die Bäume heimlich munkeln –
Ich weiß wohl, was ich weiß!

DER FREIWERBER

Frühmorgens durch die Winde kühl
Zwei Ritter hergeritten sind,
Im Garten klingt ihr Saitenspiel,
Wach' auf, wach' auf, mein schönes Kind!

Ringsum viel' Schlösser schimmernd stehn,
So silbern geht der Ströme Lauf,
Hoch, weit rings Lerchenlieder wehn,
Schließ' Fenster, Herz und Äuglein auf!

So wie du bist, verschlafen heiß,
Laß allen Putz und Zier zu Haus,
Tritt nur herfür im Hemdlein weiß,
Siehst so gar schön verliebet aus.

Ich hab' einen Fremden wohl bei mir,
Der lauert unten auf der Wacht,
Der bittet schön dich um Quartier,
Verschlaf'nes Kind, nimm dich in acht!

AN EINE TÄNZERIN

Kastagnetten lustig schwingen
Seh' ich dich, du zierlich Kind!
Mit der Locken schwarzen Ringen
Spielt der sommerlaue Wind.
Künstlich regst du schöne Glieder,
Glühendwild,
Zärtlichmild
Tauchest in Musik du nieder,
Und die Woge hebt dich wieder.

Warum sind so blaß die Wangen,
Dunkelfeucht der Augen Glanz,
Und ein heimliches Verlangen
Schimmert glühend durch den Tanz?
Schalkhaft lockend schaust du nieder,
Liebesnacht
Süß erwacht,
Wollüstig erklingen Lieder –
Schlag nicht so die Augen nieder!

Wecke nicht die Zauberlieder
In der dunklen Tiefe Schoß,
Selbst verzaubert sinkst du nieder,
Und sie lassen dich nicht los.
Tödlich schlingt sich um die Glieder
Sündlich Glüh'n,

Und verblühn
Müssen Schönheit, Tanz und Lieder,
Ach, ich kenne dich nicht wieder!

FRAU VENUS

Was weckst du, Frühling, mich von neuem wieder?
Daß all' die alten Wünsche auferstehen,
Geht über's Land ein wunderbares Wehen;
Das schauert mir so lieblich durch die Glieder.

Die schöne Mutter grüßen tausend Lieder,
Sie wieder jung, im Brautkranz süß zu sehen;
Der Wald will sprechen, rauschend Ströme gehen,
Najaden tauchen singend auf und nieder.

Die Rose seh' ich gehn aus grüner Klause
Und, wie so buhlerisch die Lüfte fächeln,
Errötend in die laue Flut sich dehnen.

So mich auch ruft ihr aus dem stillen Hause –
Und schmerzlich nun muß ich im Frühling lächeln,
Versinkend zwischen Duft und Klang vor Sehnen.

AM STROM

Der Fluß glitt einsam hin und rauschte,
Wie sonst, noch immer, immerfort,
Ich stand am Strand gelehnt und lauschte,
Ach, was ich liebt', war lange fort!
Kein Laut, kein Windeshauch, kein Singen
Ging durch den weiten Mittag schwül,

Verträumt die stillen Weiden hingen
Hinab bis in die Wellen kühl.

Die waren alle wie Sirenen
Mit feuchtem, langem, grünem Haar,
Und von der alten Zeit voll Sehnen
Sie sangen leis und wunderbar.
Sing' Weide, singe, grüne Weide!
Wie Stimmen aus der Liebsten Grab
Zieht mich dein heimlich Lied voll Leide
Zum Strom von Wehmut mit hinab.

DIE ZAUBERIN IM WALDE

»Schon vor vielen, vielen Jahren
Saß ich drüben an dem Ufer,
Sah manch Schiff vorüberfahren
Weit hinein in's Waldesdunkel.«

»Denn ein Vogel jeden Frühling
An dem grünen Waldes-Saume
Sang mit wunderbarem Schalle,
Wie ein Waldhorn klang's im Traume.«

»Und gar seltsam hohe Blumen
Standen an dem Rand der Schlünde,
Sprach der Strom so dunkle Worte,
'S war, als ob ich sie verstünde.«

»Und wie ich so sinnend atme
Stromeskühl' und Waldesdüfte,
Und ein wundersam Gelüsten
Mich hinabzog nach den Klüften:«

»Sah ich auf kristallnem Nachen,
Tief im Herzensgrund erschrocken,
Eine wunderschöne Fraue,
Ganz umwallt von goldnen Locken.«

»Und von ihrem Hals behende
Tät sie lösen eine Kette,
Reicht' mit ihren weißen Händen
Mir die allerschönste Perle.«

»Nur ein Wort von fremdem Klange
Sprach sie da mit rotem Munde,
Doch im Herzen ewig stehen
Wird des Worts geheime Kunde.«

»Seitdem saß ich wie gebannt dort,
Und wenn neu der Lenz erwachte,
Immer von dem Halsgeschmeide
Eine Perle sie mir brachte.«

»Ich barg all' im Waldesgrunde,
Und aus jeder Perl' der Fraue
Sproßte eine Blum' zur Stunde,
Wie ihr Auge anzuschauen.«

»Und so bin ich aufgewachsen,
Tät der Blumen treulich warten,
Schlummert' oft und träumte golden
In dem schwülen Waldes-Garten.«

»Fortgespült ist nun der Garten
Und die Blumen all' verschwunden,
Und die Gegend, wo sie standen,
Hab' ich nimmermehr gefunden.«

»In der Fern' liegt jetzt mein Leben,
Breitend sich wie junge Träume,
Schimmert stets so seltsam lockend
Durch die alten, dunklen Bäume.«

»Jetzt erst weiß ich, was der Vogel
Ewig ruft so bange, bange,
Unbekannt zieht ew'ge Treue
Mich hinunter zu dem Sange.«

»Wie die Wälder kühle rauschen,
Zwischendurch das alte Rufen,
Wo bin ich so lang' gewesen? –
O ich muß hinab zur Ruhe!«

Und es stieg vom Schloß hinunter
Schnell der süße Florimunde,
Weit hinab und immer weiter
Zu dem dunkelgrünen Grunde.

Hört' die Ströme stärker rauschen,
Sah in Nacht des Vaters Burge
Stillerleuchtet ferne stehen,
Alles Leben weit versunken.

Und der Vater schaut' vom Berge,
Schaut' zum dunklen Grunde immer,
Regte sich der Wald so grausig,
Doch den Sohn erblickt' er nimmer.

Und es kam der Winter balde,
Und viel' Lenze kehrten wieder,
Doch der Vogel in dem Walde
Sang nie mehr die Wunderlieder.

Und das Waldhorn war verklungen
Und die Zauberin verschwunden,
Wollte keinen andern haben
Nach dem süßen Florimunde. –

DER KÜHNE

Und wo noch kein Wandrer gegangen,
Hoch über Jäger und Roß
Die Felsen im Abendrot hangen
Als wie ein Wolkenschloß.

Dort zwischen den Zinnen und Spitzen
Von wilden Nelken umblüht,
Die schönen Waldfrauen sitzen
Und singen im Wind ihr Lied.

Der Jäger schaut nach dem Schlosse:
Die droben das ist mein Lieb! –
Er sprang vom scheuenden Rosse,
Weiß keiner, wo er blieb.

DER STILLE GRUND

Der Mondenschein verwirret
Die Täler weit und breit,
Die Bächlein, wie verirret,
Gehn durch die Einsamkeit.

Da drüben sah ich stehen
Den Wald auf steiler Höh,

Die finstern Tannen sehen
In einen tiefen See.

Ein Kahn wohl sah ich ragen,
Doch niemand, der es lenkt,
Das Ruder war zerschlagen,
Das Schifflein halb versenkt.

Eine Nixe auf dem Steine
Flocht dort ihr goldnes Haar,
Sie meint' sie wär' alleine,
Und sang so wunderbar.

Sie sang und sang, in den Bäumen
Und Quellen rauscht' es sacht
Und flüsterte wie in Träumen
Die mondbeglänzte Nacht.

Ich aber stand erschrocken,
Denn über Wald und Kluft
Klangen die Morgenglocken
Schon ferne durch die Luft.

Und hätt' ich nicht vernommen
Den Klang zu guter Stund',
Wär' nimmermehr gekommen
Aus diesem stillen Grund.

WALDMÄDCHEN

Bin ein Feuer hell, das lodert
Von dem grünen Felsenkranz,
Seewind ist mein Buhl' und fordert

Mich zum lust'gen Wirbeltanz,
Kommt und wechselt unbeständig.
Steigend wild,
Neigend mild,
Meine schlanken Lohen wend' ich:
Komm nicht nah mir, ich verbrenn' dich!

Wo die wilden Bäche rauschen
Und die hohen Palmen stehn,
Wenn die Jäger heimlich lauschen,
Viele Rehe einsam gehn.
Bin ein Reh, flieg' durch die Trümmer,
Über die Höh',
Wo im Schnee
Still die letzten Gipfel schimmern,
Folg' mir nicht, erjagst mich nimmer!

Bin ein Vöglein in den Lüften,
Schwing' mich über's blaue Meer,
Durch die Wolken von den Klüften
Fliegt kein Pfeil mehr bis hieher,
Und die Au'n und Felsenbogen,
Waldeseinsamkeit
Weit, wie weit,
Sind versunken in die Wogen –
Ach, ich habe mich verflogen!

DER STILLE FREIER

Mond, der Hirt, lenkt seine Herde
Einsam über'n Wald herauf,
Unten auf der stillen Erde
Wacht verschwiegne Liebe auf.

Fern vom Schlosse Glocken schlagen,
Über'n Wald her von der Höh'
Bringt der Wind den Schall getragen,
Und erschrocken lauscht das Reh.

Nächtlich um dieselbe Stunde
Hallet Hufschlag, schnaubt ein Roß,
Macht ein Ritter seine Runde
Schweigend um der Liebsten Schloß.

Wenn die Morgensterne blinken,
Totenbleich der Hirte wird,
Und sie müssen all' versinken:
Reiter, Herde und der Hirt.

WALDGESPRÄCH

Es ist schon spät, es wird schon kalt,
Was reit'st du einsam durch den Wald?
Der Wald ist lang, du bist allein,
Du schöne Braut! Ich führ' dich heim!

»Groß ist der Männer Trug und List,
Vor Schmerz mein Herz gebrochen ist,
Wohl irrt das Waldhorn her und hin,
O flieh! Du weißt nicht, wer ich bin.«

So reich geschmückt ist Roß und Weib,
So wunderschön der junge Leib,
Jetzt kenn' ich dich – Gott steh' mir bei!
Du bist die Hexe Loreley.

»Du kennst mich wohl – von hohem Stein
Schaut still mein Schloß tief in den Rhein.
Es ist schon spät, es wird schon kalt,
Kommst nimmermehr aus diesem Wald!«

DIE SAALE

Doch manchmal in Sommertagen
Durch die schwüle Einsamkeit
Hört man mittags die Turmuhr schlagen,
Wie aus einer fremden Zeit.

Und ein Schiffer zu dieser Stunde
Sah einst eine schöne Frau
Vom Erker schaun zum Grunde –
Er ruderte schneller vor Graun.

Sie schüttelt' die dunklen Locken
Aus ihrem Angesicht:
»Was ruderst du so erschrocken?
Behüt' dich Gott, dich mein' ich nicht!«

Sie zog ein Ringlein vom Finger,
Warf's tief in die Saale hinein:
»Und der mir es wiederbringet,
Der soll mein Liebster sein!«

In goldner Morgenstunde,
Weil alles freudig stand,
Da ritt im heitern Grunde
Ein Ritter über Land.

Rings sangen auf das beste
Die Vöglein mannigfalt,
Es schüttelte die Äste
Vor Lust der grüne Wald.

Den Nacken, stolz gebogen,
Klopft er dem Rösselein –
So ist er hingezogen
Tief in den Wald hinein.

Sein Roß hat er getrieben,
Ihn trieb der frische Mut:
»Ist alles fern geblieben,
So ist mir wohl und gut!«

Mit Freuden mußt' er sehen
Im Wald ein' grüne Au,
Wo Brünnlein kühle gehen,
Von Blumen rot und blau.

Vom Roß ist er gesprungen,
Legt' sich zum kühlen Bach,
Die Wellen lieblich klungen,
Das ganze Herz zog nach.

So grüne war der Rasen,
Es rauschte Bach und Baum,

Sein Roß tät stille grasen,
Und alles wie ein Traum.

Die Wolken sah er gehen,
Die schifften immer zu,
Er konnt' nicht widerstehen, –
Die Augen sanken ihm zu.

Nun hört' er Stimmen rinnen,
Als wie der Liebsten Gruß,
Er konnt' sich nicht besinnen –
Bis ihn erweckt' ein Kuß.

Wie prächtig glänzt' die Aue!
Wie Gold der Quell nun floß,
Und einer süßen Fraue
Lag er im weichen Schoß.

»Herr Ritter! wollt Ihr wohnen
Bei mir im grünen Haus:
Aus allen Blumenkronen
Wind' ich Euch einen Strauß!

Der Wald ringsum wird wachen,
Wie wir beisammen sein,
Der Kuckuck schelmisch lachen,
Und alles fröhlich sein.«

Es bog ihr Angesichte
Auf ihn den süßen Leib,
Schaut mit den Augen lichte
Das wunderschöne Weib.

Sie nahm sein'n Helm herunter,
Löst' Krause ihm und Bund,
Spielt' mit den Locken munter,
Küßt' ihm den roten Mund.

Und spielt' viel süße Spiele
Wohl in geheimer Lust,
Es flog so kühl und schwüle
Ihm um die offne Brust.

Um ihn nun tät sie schlagen
Die Arme weich und bloß,
Er konnte nichts mehr sagen,
Sie ließ ihn nicht mehr los.

Und diese Au zur Stunde
Ward ein kristallnes Schloß,
Der Bach ein Strom, gewunden
Ringsum, gewaltig floß.

Auf diesem Strome gingen
Viel Schiffe wohl vorbei,
Es konnt' ihn keines bringen
Aus böser Zauberei.

DER REITERSMANN

Hoch über den stillen Höhen
Stand in dem Wald ein Haus,
Dort war's so einsam zu sehen
Weit über'n Wald hinaus.

Drin saß ein Mädchen am Rocken
Den ganzen Abend lang,
Der wurden die Augen nicht trocken,
Sie spann und sann und sang:

»Mein Liebster, der war ein Reiter,
Dem schwur ich Treu' bis in Tod,
Der zog über Land und weiter,
Zu Krieges Lust und Not.

Und als ein Jahr war vergangen,
Und wieder blühte das Land,
Da stand ich voller Verlangen
Hoch an des Waldes Rand.

Und zwischen den Bergesbogen,
Wohl über den grünen Plan
Kam mancher Reiter gezogen,
Der meine kam nicht mit an.

Und zwischen den Bergesbogen,
Wohl über den grünen Plan,
Ein Jägersmann kam geflogen,
Der sah mich so mutig an.

So lieblich die Sonne schiene,
Das Waldhorn scholl weit und breit,
Da führt' er mich in das Grüne,
Das war eine schöne Zeit! –

Der hat so lieblich gelogen
Mich aus der Treue heraus,
Der Falsche hat mich betrogen,
Zog weit in die Welt hinaus.«

Sie konnte nicht weiter singen,
Vor bitterem Schmerz und Leid,
Die Augen ihr übergingen
In ihrer Einsamkeit.

Die Muhme, die saß beim Feuer
Und wärmte sich am Kamin,
Es flackert' und sprüht' das Feuer,
Hell über die Stube es schien.

Sie sprach: »Ein Kränzlein in Haaren,
Das stünde dir heut gar schön,
Willst draußen auf dem See nicht fahren?
Hohe Blumen am Ufer dort stehn.«

Ich kann nicht holen die Blumen,
Im Hemdlein weiß am Teich
Ein Mädchen hütet die Blumen,
Die sieht so totenbleich.

»Und hoch auf des Sees Weite,
Wenn alles finster und still,
Da rudern zwei stille Leute, –
Der eine dich haben will.«

Sie schauen wie alte Bekannte,
Still, ewig stille sie sind.
Doch einmal der eine sich wandte,
Da faßt' mich ein eiskalter Wind. –

Mir ist zu wehe zum Weinen –
Die Uhr so gleichförmig pickt,
Das Rädlein, das schnurrt so in einem,
Mir ist, als wär' ich verrückt. –

Ach Gott! wann wird sich doch röten
Die fröhliche Morgenstund'!
Ich möchte hinausgehn und beten,
Und beten aus Herzensgrund!

So bleich schon werden die Sterne,
Es rührt sich stärker der Wald,
Schon krähen die Hähne von ferne,
Mich friert, es wird so kalt!

Ach, Muhme! was ist Euch geschehen?
Die Nase wird Euch so lang,
Die Augen sich seltsam verdrehen –
Wie wird mir vor Euch so bang! –

Und wie sie so grauenvoll klagte,
Klopft's draußen an's Fensterlein,
Ein Mann aus der Finsternis ragte,
Schaut' still in die Stube herein.

Die Haare wild umgehangen,
Von blutigen Tropfen naß,
Zwei blutige Streifen sich schlangen,
Wie Kränzlein, um's Antlitz blaß.

Er grüßt' sie so fürchterlich heiter,
Seine Braut wohl heißet er sie,
Da kannt' sie mit Schaudern den Reiter,
Fällt nieder auf ihre Knie.

Er zielt' mit dem Rohre durch's Gitter
Auf die schneeweiße Brust hin;
»Ach, wie ist das Sterben so bitter,
Erbarm' dich, weil ich so jung noch bin!« –

Stumm blieb sein steinerner Wille,
Es blitzte so rosenrot,
Da wurd' es auf einmal stille
Im Walde und Haus und Hof. –

Frühmorgens da lag so schaurig
Verfallen im Walde das Haus,
Ein Waldvöglein sang so traurig,
Flog fort über den See hinaus.

DAS KALTE LIEBCHEN

Er. Laß mich ein, mein süßes Schätzchen!
Sie. Finster ist mein Kämmerlein.
Er. Ach, ich finde doch ein Plätzchen.
Sie. Und mein Bett ist eng und klein.

Er. Fern komm' ich vom weichen Pfühle.
Sie. Ach, mein Lager ist von Stein.
Er. Draußen ist die Nacht so kühle.
Sie. Hier wird's noch viel kühler sein.

Er. Sieh! die Sterne schon erblassen.
Sie. Schwerer Schlummer fällt mich an. –
Er. Nun, so will ich schnell dich fassen!
Sie. Rühr' mich nicht so glühend an.

Er. Fieberschauer mich durchbeben.
Sie. Wahnsinn bringt der Toten Kuß. –
Er. Weh! es bricht mein junges Leben!
Sie. Mit ins Grab hinunter muß.

ZAUBERBLICK

Die Burg, die liegt verfallen
In schöner Einsamkeit,
Dort saß ich vor den Hallen
Bei stiller Mittagszeit.

Es ruhten in der Kühle
Die Rehe auf dem Wall
Und tief in blauer Schwüle
Die sonn'gen Täler all'.

Tief unten hört' ich Glocken
In weiter Ferne gehn,
Ich aber mußt' erschrocken
Zum alten Erker sehn.

Denn in dem Fensterbogen
Ein' schöne Fraue stand,
Als hütete sie droben
Die Wälder und das Land.

Ihr Haar, wie'n goldner Mantel,
War tief herabgerollt;
Auf einmal sie sich wandte,
Als ob sie sprechen wollt'.

Und als ich schauernd lauschte –
Da war ich aufgewacht,
Und unter mir schon rauschte
So wunderbar die Nacht.

Träumt' ich im Mondesschimmer?
Ich weiß nicht, was mir graut,

Doch das vergess' ich nimmer,
Wie sie mich angeschaut!

DIE SPÄTE HOCHZEIT

Der Mond ging unter – jetzt ist's Zeit. –
Der Bräut'gam steigt vom Roß,
Er hat so lange schon gefreit –
Da tut sich auf das Schloß,
Und in der Halle sitzt die Braut
Auf diamantnem Sitz,
Von ihrem Schmuck tut's durch den Bau
Ein'n langen roten Blitz. –

Blass' Knaben warten schweigend auf,
Still' Gäste stehn herum,
Da richt't die Braut sich langsam auf,
So hoch und bleich und stumm.
Sie schlägt zurück ihr Goldgewand,
Da schauert ihn vor Lust,
Sie langt mit kalter, weißer Hand
Das Herz ihm aus der Brust.

DIE DEUTSCHE JUNGFRAU

Es stand ein Fräulein auf dem Schloß,
Erschlagen war im Streit ihr Roß,
Schnob wie ein See die finstre Nacht,
Wollt' überschrein die wilde Schlacht.

Im Tal die Brüder lagen tot,
Es brannt' die Burg so blutigrot,

In Lohen stand sie auf der Wand,
Hielt hoch die Fahne in der Hand.

Da kam ein röm'scher Rittersmann,
Der ritt keck an die Burg hinan,
Es blitzt' sein Helm gar mannigfach,
Der schöne Ritter also sprach:

»Jungfrau, komm in die Arme mein!
Sollst deines Siegers Herrin sein.
Will baun dir einen Palast schön,
In prächt'gen Kleidern sollst du gehn.

Es tun dein' Augen mir Gewalt,
Kann nicht mehr fort aus diesem Wald,
Aus wilder Flammen Spiel und Graus
Trag' ich mir meine Braut nach Haus!«

Der Ritter ließ sein weißes Roß,
Stieg durch den Brand hinauf in's Schloß,
Viel Knecht' ihm waren da zur Hand,
Zu holen das Fräulein von der Wand.

Das Fräulein stieß die Knecht' hinab,
Den Liebsten auch in's heiße Grab,
Sie selber dann in die Flamme sprang,
Über ihnen die Burg zusammensank.

DER ZAUBRISCHE SPIELMANN

Nächtlich in dem stillen Grunde,
Wenn das Abendrot versank,
Um das Waldschloß in die Runde
Ging ein lieblicher Gesang.

Fremde waren diese Weisen
Und der Sänger unbekannt,
Aber, wie in Zauberkreisen,
Hielt er jede Brust gebannt.

Hinter blüh'nden Mandelbäumen
Auf dem Schloß das Fräulein lauscht –
Drunten alle Blumen träumen,
Wollüstig der Garten rauscht.

Und die Wellen buhlend klingen,
Ringend in geheimer Lust
Kommt das wunderbare Singen
An die süß verträumte Brust.

»Warum weckst du das Verlangen,
Das ich kaum zur Ruh gebracht?
Siehst du hoch die Lilien prangen?
Böser Sänger, gute Nacht!

Sieh, die Blumen stehn voll Tränen,
Einsam die Viole wacht,
Als wollt' sie sich schmachtend dehnen
In die warme Sommernacht.

Wohl von süßem, rotem Munde
Kommt so holden Sanges Macht –

Bleibst du ewig dort im Grunde,
Unerkannt in stiller Nacht?

Ach, im Wind verfliegt mein Grüßen!
Einmal, eh' der Tag erwacht,
Möcht' ich deinen Mund nur küssen,
Sterbend so in süßer Nacht!

Nachtigall, verliebte, klage
Nicht so schmeichelnd durch die Nacht! –
Ach! ich weiß nicht, was ich sage,
Krank bin ich und überwacht.«

Also sprach sie, und die Lieder
Lockten stärker aus dem Tal,
Rings durchs ganze Tal hallt's wider
Von der Liebe Lust und Qual.

Und sie konnt' nicht widerstehen,
Enge ward ihr das Gemach,
Aus dem Schlosse mußt' sie gehen
Diesem Zauberstrome nach.

Einsam steigt sie von den Stufen,
Ach! so schwüle weht der Wind:
Draußen süß die Stimmen rufen
Immerfort das schöne Kind.

Alle Blumen trunken lauschen,
Von den Klängen hold durchirrt,
Lieblicher die Brunnen rauschen,
Und sie eilet süß verwirrt. –

Wohl am Himmel auf und nieder
Trieb der Hirt die goldne Schar,
Die Verliebte kehrt nicht wieder,
Leer nun Schloß und Garten war.

Und der Sänger seit der Stunde
Nicht mehr weiter singen will,
Rings im heimlich kühlen Grunde
War's vor Liebe selig still.

DIE HOCHZEITSNACHT

Nachts durch die stille Runde
Rauschte des Rheines Lauf,
Ein Schifflein zog im Grunde,
Ein Ritter stand darauf.

Die Blicke irre schweifen
Von seines Schiffes Rand,
Ein blutigroter Streifen
Sich um das Haupt ihm wand.

Der sprach: »Da oben stehet
Ein Schlößlein über'm Rhein,
Die an dem Fenster stehet:
Das ist die Liebste mein.

Sie hat mir Treu' versprochen,
Bis ich gekommen sei,
Sie hat die Treu gebrochen,
Und alles ist vorbei.«

Viel Hochzeitleute drehen
Sich oben laut und bunt,
Sie bleibet einsam stehen,
Und lauschet in den Grund.

Und wie sie tanzen munter,
Und Schiff und Schiffer schwand,
Stieg sie vom Schloß herunter,
Bis sie im Garten stand.

Die Spielleut' musizierten,
Sie sann gar mancherlei,
Die Töne sie so rührten,
Als müßt' das Herz entzwei.

Da trat ihr Bräut'gam süße
Zu ihr aus stiller Nacht,
So freundlich er sie grüßte,
Daß ihr das Herze lacht.

Er sprach: »Was willst du weinen,
Weil alle fröhlich sein?
Die Stern' so helle scheinen,
So lustig geht der Rhein.

Das Kränzlein in den Haaren
Steht dir so wunderfein,
Wir wollen etwas fahren
Hinunter auf dem Rhein.«

Zum Kahn folgt' sie behende,
Setzt sich ganz vorne hin,
Er setzt' sich an das Ende
Und ließ das Schifflein ziehn.

Sie sprach: »Die Töne kommen
Verworren durch den Wind,
Die Fenster sind verglommen,
Wir fahren so geschwind.

Was sind das für so lange
Gebirge weit und breit?
Mir wird auf einmal bange
In dieser Einsamkeit!

Und fremde Leute stehen
Auf mancher Felsenwand,
Und stehen still und sehen
So schwindlig über'n Rand.« –

Der Bräut'gam schien so traurig
Und sprach kein einzig Wort,
Schaut in die Wellen schaurig
Und rudert immerfort.

Sie sprach: »Schon seh' ich Streifen
So rot im Morgen stehn,
Und Stimmen hör' ich schweifen,
Vom Ufer Hähne krähn.

Du siehst so still und wilde,
So bleich wird dein Gesicht,
Mir graut vor deinem Bilde –
Du bist mein Bräut'gam nicht!« –

Da stand er auf – das Sausen
Hielt an in Flut und Wald –
Es rührt mit Lust und Grausen
Das Herz ihr die Gestalt.

Und wie mit steinern'n Armen
Hob er sie auf voll Lust,
Drückt ihren schönen, warmen
Leib an die eis'ge Brust. –

Licht wurden Wald und Höhen,
Der Morgen schien blutrot,
Das Schifflein sah man gehen,
Die schöne Braut drin tot.

DER HOCHZEITSTANZ

Wie so zierlich in dem Saale
Führt die Braut den Hochzeitsreih'n,
Wie so mutig schaut Graf Martin
In die freud'gen Klänge drein!

Und sie im Vorüberschweifen
Flüstert: »Graf, was sinnet Ihr?
Sag't mir, schaut Ihr nach dem Tanze,
Oder blicket Ihr nach mir?«

»Hab' schon manchen Tanz gesehen,
Und das war's nicht, was ich sann,
Eure Schönheit mich verblendet,
Eure Augen tun mir's an.«

»Wenn so schöne meine Augen,
Führt mich hier vom Tanze heim,
Alt und grau schon ist mein Bräut'gam
Und er holt uns nimmer ein.«

ZAUBEREI DER NACHT

Hörst du nicht die Quellen gehen
Zwischen Stein und Blumen weit
Nach den stillen Waldes-Seen,
Wo die Marmorbilder stehen
In der schönen Einsamkeit?
Von den Bergen sacht hernieder,
Weckend die uralten Lieder,
Steigt die wunderbare Nacht,
Und die Gründe glänzen wieder,
Wie du's oft im Traum gedacht. –

Kennst die Blume du, entsprossen
In dem mondbeglänzten Grund?
Aus der Knospe, halb erschlossen,
Junge Glieder blühend sprossen,
Weiße Arme, roter Mund,
Und die Nachtigallen schlagen,
Und rings hebt es an zu klagen,
Ach, vor Liebe todeswund,
Von versunknen schönen Tagen –
Komm', o komm' zum stillen Grund!

VORBEI IST DAS SCHÖNE LIEBEN

O EWIG DENKE ICH DER BANGEN ABENDSTUNDE

O ewig denke ich der bangen Abendstunde,
Da uns vereint zum letztenmal das Abendrot beschien,
In heilger Dämmrung schwieg des Erdkreis weite Runde
Und trauernd starrten wir ins öde Dunkel hin.
Dort standen wir am wohlbekannten Hügel,
Umgoldet lag vom Mondesstrahl
Und schön umhüllt in sanfter Ruhe Schwanenflügel
Tief unter uns, des Friedens Bild – das Tal,
Und über uns in weinern Ätherslüften,
Da strömte mildes Licht des Mondes sanfte Glut,
Und silbern nur, wie Schwanenflug, durchschiffend
Des dämmernd lichten Himmels Sternenflut.
Jetzt noch glänzten sie von Lunas Strahlenkranze,
Doch mit sich fort riß sie des Abendwindes Drang,
Und weit und weiter stets entschwebten sie dem Glanz,
Bis endlich sie der Ferne Nacht verschlang –
So, goldnes Mädchen, so ach! wallten
Tief auch im Busen mir der Zukunft Schreckgestalten,
Nicht Rosenträume mehr, wie ehe,
Von schöner Hoffnung Morgenrot umlacht,
Nein, weggeschleudert von der lichten Höhe,
Versanken sie in ew'ge, ew'ge Nacht!
Und bange Ahnung war mit ihrem leisen Wehe
Im Innersten des Herzens mir erwacht;
Denn meiner Jugend schönste Hoffnung sah ich lügen.
Da schmiegt' ich fester – inn'ger dich an meine Brust,
Zum letztenmal in vollen Zügen
Aus deiner Quelle zu trinken reine Himmelslust.
Harmonisch fühlt' dein Herz ich an dem meinen schlagen,
Wild tobte es in meiner Seele Grund,
Nicht konnt' ich länger die Flamme dämpfend tragen,
Ein heißer langer Kuß vereinte Mund und Mund.

Und eine Trän' von dir, verzeih, daß ichs zu hoffen wage,
Bewilligte des kühnen Kusses stummen Bund.

AN A. S.

Mädchen, welches Glutverlangen,
Seel' an Seel' und Mund an Mund
Sanft geschmiegt, dich zu umfangen,
Flammet mir im Busen auf?!

Sieh, froh stimmt' mit Kindertriebe
Ich zum Frühlingslied mein Spiel;
Da tratst du hervor, und Liebe,
Liebe tönt das Saitenspiel.

Tausend junge Leben raffen
Aus der Seele Abgrund sich,
Und zum Jüngling umgeschaffen
Fühlt der Knabe staunend sich. –

Einen Blick nur, der mit hellem
Strahl von Herz zu Herzen spricht! –
Und durch tausend Schicksals-Wellen
Stürz ich trunken zu dir hin.

Mit dem Tode will ich scherzen,
Ringen mit Unmöglichkeit,
Bis ich ach! an meinem Herzen
Deines Busens Wogen fühl'.

Bis an deinem Purpurmunde
Bebend meine Lippe glüht,

Und zum ew'gen heil'gen Bunde
Seel' in Seele überströmt.

O dann halt ich dich umschlungen,
Trotzend jeglicher Gewalt,
Bis, vom Staub' emporgeschwungen,
Unser Geist vereint entschwebt.

Doch hinweg du Freudenträne,
Weg du süßer Fiebertraum,
Ach! sie liebt mich nicht, o töne
Bange Schwermut mein Gesang!

SONST UND JETZT
Sonett

Sonst tönte ach! mein Saitenspiel so helle,
Eh noch der liebe Zauber mich umschlang;
Frohlauschend auf der Lieder süßen Klang
Enthüpfte leiser oft die Silberquelle.

Da horcht' ich oft, umrauscht von ihrer Welle
Wenn Rosendämmrung ihren Fittich schwang,
Wie sanft ins Seelenlied der Philomele
Der Nachhall meine kleinen Lieder sang.

Jetzt sind sie hin, der Kindheit Wonnezeiten.
Zu einem Ton ist jedes Lied verschallt,
Nur Liebe, Liebe seufzen alle Saiten! –

Doch es verhallt der Ton im unermeßlich Weiten,
Kein Nachhall tönt ihm nun; kein Busen wallt,
Der sanft ihm Liebe – Liebe wiederhallt! –

BEIM ERWACHEN

An M. H.

Tiefer ins Morgenrot versinken die Sterne alle,
Fern nur aus Träumen dämmert dein Bild noch vorüber,
Und weinender tauch' ich aus seliger Flut. –

Aber im Herzen tief bewahr' ich die lieben Züge,
Trage sie schweigend durch des Tages Gewühle,
Bis wieder zur stillen träumenden Nacht. –

DER ARME BLONDEL

Wie sie in den Blumentagen,
Über mir mit rotem Munde,
Daß die Locken mich umwunden,
Mich verführt aus Herzensgrunde,
Wollt' es immer, konnt's nie sagen.
Fortgezohn ist nun die Eine,
Weine, armer Blondel, weine!

Nachts die Berge stille stehen,
Ferne Schlösser, Strom und Bäume
Sehn mich seltsam an, wie Träume.
Drüber Wolken schnelle gehen,
Fest im Herzen steht die Eine,
Weine, armer Blondel, weine!

SEHNSUCHT

Selig, wer zur Kunst erlesen,
Ruhig in getreuer Lust,
Hoher Dinge seltsam Wesen,
Selber froh erschreckt, mag lesen
In der wundervollen Brust!

Wie die Rosse mutig scharrten!
Ach! die Freunde sind voraus!
Draußen blüht der schöne Garten,
Draußen Wald und Liebchen warten,
Und ich kann nicht, kann nicht raus!

Bleib' ich ewig fern vom Glücke? –
Wen die Treue ganz durchdrang,
Einmal trafen Liebesblicke,
Ach! er kann nicht mehr zurücke,
Und ich kniee lebenslang.

Lodert, lodert heil'ge Kerzen!
Bleibet unerhört mein Flehn:
Will ich in den Freuden, Schmerzen,
Mit dem unentweihten Herzen
Treu und heilig untergehn.

ANGEDENKEN

I.

Sie band die Augen mir an jenen Bäumen;
Geh' schöner Blinder! sagt' sie dabei sachte,
Wußt' nicht, wie Wunden süß dies Flüstern brachte
Und stieß mich in des Spieles wogend Schäumen.

Nun in der Augen Nacht quoll blühend Träumen,
  Der Minnen Huld, wie Zauberblum'n, erwachte,
  Da endt' das Spiel – in's Aug' Licht wieder lachte,
  Doch sehnend träumt' ich fort von jenen Träumen.
So stand ich unter holden Farbenbogen,
  Und wie mein ganzes Leben schwellend blühte,
  Dankt' ich dem Frühling solch' zaubrisch Verschönen.
Noch blüht der Lenz, doch sie ist fortgezogen,
  Nun weiß ich, daß nur sie den Lenz beglühte,
  Und einsam traur' ich in den Strahlen, Tönen.

*

II.

Wie wenn aus Tänzen, die sich lockend drehten,
  Von müder Augen süßen Himmelsräumen,
  Daß nun Gewährung nicht wollt' länger säumen,
  Verratend die schamhaften Schleier wehten,
Ein einz'ger in die Nacht hinausgetreten,
  Schauend wie draußen Land und Seen träumen,
  Die Töne noch verklingen in den Bäumen,
  An's Herz nun schwellend tritt einsames Beten:
Also, seit du erhörend mich verlassen,
  Grüßt mich Musik und Glänzen nur von ferne,
  Wie Tauben, Botschaft bring'nd durch blaue Lüfte.
Nacht legt sich um die Augen hold, die nassen,
  Als Blume sprieß' ich in die Klänge, Sterne,
  Der goldnen Ferne hauchend alle Düfte.

FRÜHLINGSLIED

Grün war die Weide,
Der Himmel blau,
Wir schwuren beide
Ewige Treu'.
Lenz ist's wohl wieder,
Ferne ich bin,
Liebt fern noch lieber
Der treue Sinn.
Verweinten Blicken
Grünet die Au,
Goldene Brücken
Schlägt er durch's Blau.
Frauen und Reiter
Ziehen in's Grün,
Wohin so eilst du,
Fluß, blauer Fluß!
Soll ich nun beten?
Singen im Schein
Von Lust und Scherzen
Und großem Leid?
Blau ist der Himmel,
Blau ist die Treu',
Schlägt um den Frühling
Die Zauberei.

HERBSTLIEDCHEN

Flog Waldvögelein über den See,
Lieb' grüne Zeit, lieb' grüne Zeit!
Es zogen die Wolken: Ade! Ade!
Wir fliegen mitsammen gar weit, gar weit!

Es schaut Feinsliebchen vom hohen Saal,
Fern zog der Ritter im grünen Tal;
Waldvöglein sang immerfort: Ade! –
Das tat Feinsliebchen im Herzen so weh.

NACHTGRUSS

1.

Nachts an der Küste wir vorüberfahren,
Von der ich schied vor vielen, vielen Jahren,
Der Liebsten Haus steht dort, wo wir so fröhlich waren;
Gott wolle sie bewahren!

2.

Die Nachtigallen noch im Garten schlagen,
Wie damals in den schönen, stillen Tagen,
Was mögen sie jetzt klagen?
Nach mir mag niemand fragen.

3.

Sonst wenn die Linden in der Blüte waren,
Sahst du dort aus nach mir vor vielen, vielen Jahren, –
Schlaf' wohl, ich muß vorüberfahren,
Gott wolle dich bewahren!

KLAGE

Blaue Augen, blaue Augen!
Ach, wie gebt ihr süße Peine!
Aus dem schönen Wald' unzählig
Stimmen zielen, grüne Scheine,
Und ich laß' mich gern verführen,
Locken Schmerzen so von weitem.
Draußen auf der Waldeswiese
Laß' ich wohl mein Rößlein weiden,
Sinnend steh' ich lang' daneben,
Grüßt mich wie aus fremden Zeiten
Waldesrauschen, Lied der Bronnen,
Ewigblühend grünes Schweigen,
Aus der tiefsten Brust Erinnern
Lang vergeßner goldner Träume –
Und ich muß dann fragen immer,
Ewig fragen: wo sie weile?
Und das Waldhorn will mir's sagen,
Und das Herz will ewig weinen:
Süße Peine! blaue Augen!
Ewig stehst du in der Weite,
Blühend in den blauen Tagen.
Wolken durch den Himmel eilen,
Liebesblick kommt oft geschossen,
Und es glänzen Feld und Haine,
Und die Klarheit schließt sich wieder,
Und ich stehe so alleine;
Und ich kann mich gar nicht retten
Von den Freuden, von den Leiden,
Und ich kniee und ich bete:
Schöne Fraue, liebe, reine!
Blaue Augen, blaue Augen,
Ach! wie gebt ihr süße Peine!

FRÜHLING

Über blaue Berge fröhlich
Kam der bunte Schein geflossen,
In den Schimmer rief ich selig:
»Freu dich nur, jetzt wirds vollendet!«
Doch der Frühling ist vergangen,
Was ich innigst hofft' und strebte
Blieb ein unbestimmt Verlangen.

Und nach langem trübem Schweigen
Kamen goldne Tage wieder.
Blaue Berge, alte Zeiten,
Blumen, Sterne, Ström' und Lieder
Woben wunderbar ein Netze,
Und das schlang sich um die Glieder,
Zog so innig fest und fester
Mich ans Herz der Erde nieder,
Und so schlummert' ich und träumte
Von der allerschönsten Braut. –

IM WALDE

Es zog eine Hochzeit den Berg entlang,
Ich hörte die Vögel schlagen,
Da blitzten viel' Reiter, das Waldhorn klang,
Das war ein lustiges Jagen!

Und eh' ich's gedacht, war alles verhallt,
Die Nacht bedecket die Runde,
Nur von den Bergen noch rauschet der Wald
Und mich schauert im Herzensgrunde.

DER WANDERNDE MUSIKANT

Wandern lieb' ich für mein Leben,
Lebe eben wie ich kann,
Wollt' ich mir auch Mühe geben,
Paßt es mir doch gar nicht an.

Schöne alte Lieder weiß ich,
In der Kälte, ohne Schuh'
Draußen in die Saiten reiß' ich,
Weiß nicht, wo ich abends ruh'.

Manche Schöne macht wohl Augen,
Meinet, ich gefiel' ihr sehr,
Wenn ich nur was wollte taugen,
So ein armer Lump nicht wär'. –

Mag dir Gott ein'n Mann bescheren,
Wohl mit Haus und Hof versehn!
Wenn wir zwei zusammen wären,
Möcht' mein Singen mir vergehn.

DIE ZIGEUNERIN

Am Kreuzweg, da lausche ich, wenn die Stern'
Und die Feuer im Walde verglommen,
Und wo der erste Hund bellt von fern,
Da wird mein Bräut'gam herkommen.

»Und als der Tag graut', durch das Gehölz
Sah ich eine Katze sich schlingen,
Ich schoß ihr auf den nußbraunen Pelz,
Wie tat die weitüber springen!« –

’S ist schad’ nur um’s Pelzlein, du kriegst mich nit!
Mein Schatz muß sein wie die andern:
Braun und ein Stutzbart auf ung’rischen Schnitt
Und ein fröhliches Herze zum Wandern.

VOR DER STADT

Zwei Musikanten ziehn daher
Vom Wald aus weiter Ferne,
Der eine ist verliebt gar sehr,
Der andre wär’ es gerne.

Die stehn allhier im kalten Wind
Und singen schön und geigen:
Ob nicht ein süßverträumtes Kind
Am Fenster sich wollt’ zeigen?

DER VERLIEBTE REISENDE

1.

Da fahr’ ich still im Wagen,
Du bist so weit von mir,
Wohin er mich mag tragen,
Ich bleibe doch bei dir.

Da fliegen Wälder, Klüfte
Und schöne Täler tief,
Und Lerchen hoch in Lüften,
Als ob dein’ Stimme rief’.

Die Sonne lustig scheinet
Weit über das Revier,
Ich bin so froh verweinet
Und singe still in mir.

Vom Berge geht's hinunter,
Das Posthorn schallt im Grund,
Mein Seel' wird mir so munter,
Grüß dich aus Herzensgrund.

2.

Ich geh' durch die dunklen Gassen
Und wandre von Haus zu Haus,
Ich kann mich noch immer nicht fassen,
Sieht alles so trübe aus.

Da gehen viel Männer und Frauen,
Die alle so lustig sehn,
Die fahren und lachen und bauen,
Daß mir die Sinne vergehn.

Oft wenn ich bläuliche Streifen
Seh' über die Dächer fliehn,
Sonnenschein draußen schweifen,
Wolken am Himmel ziehn:

Da treten mitten im Scherze
Die Tränen in's Auge mir,
Denn die mich lieben von Herzen
Sind alle so weit von hier.

3.

Lied, mit Tränen halb geschrieben,
Dorthin über Berg und Kluft,
Wo die Liebste mein geblieben,
Schwing' dich durch die blaue Luft!

Ist sie rot und lustig, sage:
Ich sei krank von Herzensgrund;
Weint sie nachts, sinnt still bei Tage,
Ja, dann sag': ich sei gesund!

Ist vorbei ihr treues Lieben,
Nun, so end' auch Lust und Not,
Und zu allen, die mich lieben,
Flieg' und sage: ich sei tot!

4.

Ach Liebchen, dich ließ ich zurücke,
Mein liebes, herziges Kind,
Da lauern viel Menschen voll Tücke,
Die sind dir so feindlich gesinnt.

Die möchten so gerne zerstören
Auf Erden das schöne Fest,
Ach, könnte das Lieben aufhören,
So mögen sie nehmen den Rest.

Und alle die grünen Orte,
Wo wir gegangen im Wald,
Die sind nun wohl anders geworden,
Da ist's nun so still und kalt.

Da sind nun am kalten Himmel
Viel tausend Sterne gestellt,
Es scheint ihr goldnes Gewimmel
Weit über's beschneite Feld.

Mein' Seele ist so beklommen,
Die Gassen sind leer und tot,
Da hab' ich die Laute genommen
Und singe in meiner Not.

Ach, wär' ich im stillen Hafen!
Kalte Winde am Fenster gehn,
Schlaf' ruhig, mein Liebchen, schlafe,
Treu' Liebe wird ewig bestehn!

5.

Grün war die Weide,
Der Himmel blau,
Wir saßen beide
Auf glänzender Au.

Sind's Nachtigallen
Wieder, was ruft,
Lerchen, die schallen
Aus warmer Luft?

Ich hör' die Lieder,
Fern, ohne dich,
Lenz ist's wohl wieder,
Doch nicht für mich.

6.

Wolken, wälderwärts gegangen,
Wolken, fliegend über's Haus,
Könnt' ich an euch fest mich hangen,
Mit euch fliegen weit hinaus!

Tag'lang durch die Wälder schweif' ich,
Voll Gedanken sitz' ich still,
In die Saiten flüchtig greif' ich,
Wieder dann auf einmal still.

Schöne, rührende Geschichten
Fallen ein mir, wo ich steh',
Lustig muß ich schreiben, dichten,
Ist mir selber gleich so weh.

Manches Lied, das ich geschrieben
Wohl vor manchem langen Jahr,
Da die Welt vom treuen Lieben
Schön mir überglänzet war;

Find' ich's wieder jetzt voll Bangen:
Werd' ich wunderbar gerührt,
Denn so lang ist das vergangen,
Was mich zu dem Lied verführt.

Diese Wolken ziehen weiter,
Alle Vögel sind erweckt,
Und die Gegend glänzet heiter,
Weit und fröhlich aufgedeckt.

Regen flüchtig abwärts gehen,
Scheint die Sonne zwischendrein,

Und dein Haus, dein Garten stehen
Über'm Wald im stillen Schein.

Doch du harrst nicht mehr mit Schmerzen,
Wo so lang' dein Liebster sei –
Und mich tötet noch im Herzen
Dieser Schmerzen Zauberei.

JAHRMARKT

Sind's die Häuser, sind's die Gassen?
Ach, ich weiß nicht, wo ich bin!
Hab' ein Liebchen hier gelassen,
Und manch Jahr ging seitdem hin.

Aus den Fenstern schöne Frauen
Sehn mir freundlich in's Gesicht,
Keine kann so frischlich schauen,
Als mein liebes Liebchen sicht.

An dem Hause poch' ich bange –
Doch die Fenster stehen leer,
Ausgezogen ist sie lange,
Und es kennt mich keiner mehr.

Und ringsum ein Rufen, Handeln,
Schmucke Waren, bunter Schein,
Herr'n und Damen gehn und wandeln
Zwischendurch in bunten Reih'n.

Zierlich Bücken, freundlich Blicken,
Manches flücht'ge Liebeswort,

Händedrücken, heimlich Nicken –
Nimmt sie all' der Strom mit fort.

Und mein Liebchen sah ich eben
Traurig in dem lust'gen Schwarm,
Und ein schöner Herr daneben
Führt sie stolz und ernst am Arm.

Doch verblaßt war Mund und Wange,
Und gebrochen war ihr Blick,
Seltsam schaut' sie stumm und lange,
Lange noch auf mich zurück. –

Und es endet Tag und Scherzen,
Durch die Gassen pfeift der Wind –
Keiner weiß, wie unsre Herzen
Tief von Schmerz zerrissen sind.

IN DER FREMDE

Ich hör' die Bächlein rauschen
Im Walde her und hin,
Im Walde in dem Rauschen
Ich weiß nicht, wo ich bin.

Die Nachtigallen schlagen
Hier in der Einsamkeit,
Als wollten sie was sagen
Von der alten, schönen Zeit.

Die Mondesschimmer fliegen,
Als säh' ich unter mir

Das Schloß im Tale liegen,
Und ist doch so weit von hier!

Als müßte in dem Garten
Voll Rosen weiß und rot,
Meine Liebste auf mich warten,
Und ist doch lange tot.

LIEBE IN DER FREMDE

1.

Jeder nennet froh die Seine,
Ich nur stehe hier alleine,
Denn was früge wohl die Eine:
Wen der Fremdling eben meine?
Und so muß ich, wie im Strome dort die Welle,
Ungehört verrauschen an des Frühlings Schwelle.

2.

Wie kühl schweift sich's bei nächt'ger Stunde,
Die Zither treulich in der Hand!
Vom Hügel grüß' ich in die Runde
Den Himmel und das stille Land.

Wie ist da alles so verwandelt,
Wo ich so fröhlich war, im Tal.
Im Wald wie still! der Mond nur wandelt
Nun durch den hohen Buchensaal.

Der Winzer Jauchzen ist verklungen
Und all' der bunte Lebenslauf,

Die Ströme nur, im Tal geschlungen,
Sie blicken manchmal silbern auf.

Und Nachtigallen wie aus Träumen
Erwachen oft mit süßem Schall,
Erinnernd rührt sich in den Bäumen
Ein heimlich Flüstern überall.

Die Freude kann nicht gleich verklingen,
Und von des Tages Glanz und Lust
Ist so auch mir ein heimlich Singen
Geblieben in der tiefsten Brust.

Und fröhlich greif' ich in die Saiten,
O Mädchen, jenseits über'm Fluß,
Du lauschest wohl und hörst's vom weiten
Und kennst den Sänger an dem Gruß!

3.

Über die beglänzten Gipfel
Fernher kommt es wie ein Grüßen,
Flüsternd neigen sich die Wipfel,
Als ob sie sich wollten küssen.

Ist er doch so schön und milde!
Stimmen gehen durch die Nacht,
Singen heimlich von dem Bilde –
Ach, ich bin so froh verwacht!

Plaudert nicht so laut, ihr Quellen!
Wissen darf es nicht der Morgen!
In der Mondnacht linde Wellen
Senk' ich still mein Glück und Sorgen. –

4.

Jetzt wandr' ich erst gern!
Am Fenster nun lauschen
Die Mädchen, es rauschen
Die Brunnen von fern.
Aus schimmernden Büschen
Ihr Plaudern, so lieb,
Erkenn' ich dazwischen,
Ich höre mein Lieb!

Kind hüt' dich! bei Nacht
Pflegt Amor zu wandern,
Ruft leise die andern,
Da schreiten erwacht
Die Götter zur Halle
In's Freie hinaus,
Es bringt sie dir alle
Der Dichter in's Haus.

HEIMWEH

Wer in die Fremde will wandern,
Der muß mit der Liebsten gehn,
Es jubeln und lassen die andern
Den Fremden alleine stehn.

Was wisset ihr, dunkele Wipfel,
Von der alten, schönen Zeit?
Ach, die Heimat hinter den Gipfeln,
Wie liegt sie von hier so weit!

Am liebsten betracht' ich die Sterne,
Die schienen, wie ich ging zu ihr,
Die Nachtigall hör' ich so gerne,
Sie sang vor der Liebsten Tür.

Der Morgen, das ist meine Freude!
Da steig' ich in stiller Stund'
Auf den höchsten Berg in die Weite,
Grüß dich, Deutschland, aus Herzensgrund!

SOMMERSCHWÜLE

Die Nachtigall schweigt, sie hat ihr Nest gefunden,
Träg' ziehn die Quellen, die so kühle sprangen,
Von trüber Schwüle liegt die Welt umfangen,
So hat den Lenz der Sommer überwunden.

Noch nie hat es die Brust so tief empfunden,
Es ist, als ob viel' Stimmen heimlich sangen:
»Auch *dein* Lenz, froher Sänger, ist vergangen,
An Weib und Kind ist nun der Sinn gebunden!«

O komm, Geliebte, komm zu mir zurücke!
Kann ich nur deine hellen Augen schauen,
Fröhlich Gestirn in dem verworrnen Treiben:

Wölbt hoch sich wieder des Gesanges Brücke,
Und kühn darf ich der alten Lust vertrauen,
Denn ew'ger Frühling will bei *Liebe* bleiben.

AN DIE WALDVÖGEL

Konnt' mich auch sonst mit schwingen
Über's grüne Revier,
Hatt' ein Herze zum Singen
Und Flügel wie ihr.

Flog über die Felder,
Da blüht' es wie Schnee,
Und herauf durch die Wälder
Spiegelt' die See.

Ein Schiff sah ich gehen
Fort über das Meer,
Meinen Liebsten drin stehen –
Dacht' meiner nicht mehr.

Und die Segel verzogen,
Und es dämmert' das Feld,
Und ich hab' mich verflogen
In der weiten, weiten Welt.

AN FRÄULEIN ...

Schalkhafte Augen reizend aufgeschlagen,
Die Brust empört, die Wünsche zu verschweigen,
Sieht man den leichten Zelter dich besteigen,
Nach Lust und Scherzen durch den Lenz zu jagen.

Zu jung, des Lebens Ernste zu entsagen –
Kann ich nicht länger spielen nun und schweigen,
Wer Herrlich's fühlt, der muß sich herrlich zeigen,
Mein Ruhen ist ein ewig frisches Wagen.

Laß mich, so lang noch trunken unsre Augen,
Ein'n blüh'nden Kranz aus den vergangnen Stunden
Dir heiter um die weiße Stirne winden;

Frag' nicht dann, was mich deinem Arm' entwunden,
Drück' fest den Kranz nur in die muntern Augen,
Mein Haupt will auch und soll den seinen finden!

VORBEI

Das ist der alte Baum nicht mehr,
Der damals hier gestanden,
Auf dem ich gesessen im Blütenmeer
Über den sonnigen Landen.

Das ist der Wald nicht mehr, der sacht
Vom Berge rauschte nieder,
Wenn ich vom Liebchen ritt bei Nacht,
Das Herz voll neuer Lieder.

Das ist nicht mehr das tiefe Tal
Mit den grasenden Rehen,
In das wir nachts viel tausendmal
Zusammen hinausgesehen. –

Es ist der Baum noch, Tal und Wald,
Die Welt ist jung geblieben,
Du aber wurdest seitdem alt,
Vorbei ist das schöne Lieben.

DER GÄRTNER

Wohin ich geh' und schaue,
In Feld und Wald und Tal,
Vom Berg' hinab in die Aue:
Viel schöne, hohe Fraue,
Grüß' ich dich tausendmal.

In meinem Garten find' ich
Viel Blumen, schön und fein,
Viel Kränze wohl draus wind' ich
Und tausend Gedanken bind' ich
Und Grüße mit darein.

Ihr darf ich keinen reichen,
Sie ist zu hoch und schön,
Die müssen alle verbleichen,
Die Liebe nur ohnegleichen
Bleibt ewig im Herzen stehn.

Ich schein' wohl froher Dinge
Und schaffe auf und ab,
Und, ob das Herz zerspringe,
Ich grabe fort und singe
Und grab' mir bald mein Grab.

DIE KLEINE

Zwischen Bergen, liebe Mutter,
Weit den Wald entlang,
Reiten da drei junge Jäger

Auf drei Rößlein blank,
lieb Mutter,
Auf drei Rößlein blank.

Ihr könnt fröhlich sein, lieb' Mutter,
Wird es draußen still:
Kommt der Vater heim vom Walde,
Küßt Euch, wie er will,
lieb Mutter,
Küßt Euch, wie er will.

Und *ich* werfe mich im Bettchen
Nachts ohn' Unterlaß,
Kehr' mich links und kehr' mich rechts hin,
Nirgends hab' ich was,
lieb Mutter,
Nirgends hab' ich was.

Bin ich eine Frau erst einmal,
In der Nacht dann still
Wend' ich mich nach allen Seiten,
Küss', so viel ich will,
lieb Mutter,
Küss', so viel ich will.

DIE STOLZE

Sie steckt mit der Abendröte
In Flammen rings das Land,
Und hat samt Manschetten und Flöte
Den verliebten Tag verbrannt.

Und als nun verglommen die Gründe,
Sie stieg auf die stillen Höh'n,
Wie war da rings um die Schlünde
Die Welt so groß und schön!

Waldkönig zog durch die Wälder
Und stieß in's Horn vor Lust,
Da klang über die stillen Felder,
Wovon der Tag nichts gewußt. –

Und wer mich wollt' erwerben,
Ein Jäger müßt's sein zu Roß,
Und müßt' auf Leben und Sterben
Entführen mich auf sein Schloß!

JÄGER UND JÄGERIN

Sie

Wär' ich ein muntres Hirschlein schlank,
Wollt' ich im grünen Walde gehn,
Spazierengehn bei Hörnerklang,
Nach meinem Liebsten mich umsehn.

Er

Nach meiner Liebsten mich umsehn
Tu' ich wohl, zieh' ich früh von hier,
Doch sie mag niemals zu mir gehn
Im dunkelgrünen Waldrevier.

Sie

Im dunkelgrünen Waldrevier
Da blitzt der Liebste rosenrot,
Gefällt so sehr dem armen Tier,
Das Hirschlein wünscht, es läge tot.

Er

Und wär' das schöne Hirschlein tot,
So möcht' ich jagen länger nicht;
Scheint über'n Wald der Morgen rot:
Hüt' schönes Hirschlein, hüte dich!

Sie

Hüt' schönes Hirschlein, hüte dich!
Spricht's Hirschlein selbst in seinem Sinn:
Wie soll ich, soll ich hüten mich,
Wenn ich so sehr verliebet bin?

Er

Weil ich so sehr verliebet bin,
Wollt' ich das Hirschlein, schön und wild,
Aufsuchen tief im Walde drin
Und streicheln, bis es stille hielt.

Sie

Ja, streicheln, bis es stille hielt,
Falsch locken so in Stall und Haus!
Zum Wald springt's Hirschlein frei und wild
Und lacht verliebte Narren aus.

DER VERZWEIFELTE LIEBHABER

Studieren will nichts bringen,
Mein Rock hält keinen Stich,
Meine Zither will nicht klingen,
Mein Schatz, der mag mich nicht.

Ich wollt', im Grün spazierte
Die allerschönste Frau,
Ich wär' ein Drach' und führte
Sie mit mir fort durch's Blau.

Ich wollt', ich jagt' gerüstet
Und legt' die Lanze aus,
Und jagte all' Philister
Zur schönen Welt hinaus.

Ich wollt', ich säß' jetzunder
Im Himmel still und weit,
Und früg' nach all' dem Plunder
Nichts vor Zufriedenheit.

DER NACHTVOGEL

Liegt der Tag rings auf der Lauer,
Blickt so schlau auf Lust und Trauer:
Kann ich kaum mich selbst verstehen.
Laß die Lauscher schlafen gehen!
Nur ein Stündchen unbewacht
Laß in der verschwiegnen Nacht
Mich in deine Augen sehen
Wie in stillen Mondenschein.
In dem Park an der Rotunde,

Wenn es dunkelt, harr' ich dein.
Still und fromm ja will ich sein.
Liebste, ach nur eine Stunde! –
Sieh' mir nicht so böse drein!
Willst du nie dein Schweigen brechen,
Ewig stumm wie Blumen sein:
O so laß mich das Versprechen
Pflücken dir vom stillen Munde:
Liebste, ach nur eine Stunde!
In dem Park, an der Rotunde,
Wenn es dunkelt, harr' ich dein.

Coda

Und kann ich nicht sein
Mit dir zu zwei'n,
So will ich, allein,
Der Schwermut mich weihn!

KLAGE

Ich hab' manch Lied geschrieben,
Die Seele war voll Lust,
Von treuem Tun und Lieben,
Das beste, was ich wußt'.

Was mir das Herz bewogen,
Das sagte treu mein Mund,
Und das ist nicht erlogen,
Was kommt aus Herzensgrund.

Liebchen wußt's nicht zu deuten
Und lacht' mir in's Gesicht,
Dreht' sich zu andern Leuten
Und achtet's weiter nicht.

Und spielt mit manchem Tropfe,
Weil ich so tief betrübt.
Mir ist so dumm im Kopfe,
Als wär' ich nicht verliebt.

Ach Gott, wem soll ich trauen?
Will sie mich nicht verstehn,
Tun all' so fremde schauen,
Und alles muß vergehn.

Und alles irrt zerstreuet –
Sie ist so schön und rot –
Ich hab' nichts, was mich freuet,
Wär' ich viel lieber tot!

BEGEGNUNG

Ich wandert' in der Frühlingszeit,
Fern auf den Bergen gingen
Mit Geigenspiel und Singen
Viel' lust'ge Hochzeitsleut',
Das war ein Jauchzen und Klingen!
Es blühte rings in Tal und Höh'n,
Ich konnt' vor Lust nicht weitergehn.

Am Dorfe dann auf grüner Au
Begannen sie den Reigen,
Und durch den Schall der Geigen

Lacht' laut die junge Frau,
Ihr Stimmlein klang so eigen,
Ich wußte nicht, wie mir geschehn –
Da wandt' sie sich in wildem Drehn.

Es war mein Lieb! 's ist lange her,
Sie blickt' so ohne Scheue,
Verloren ist die Treue,
Sie kannte mich nicht mehr –
Da jauchzt' und geigt's auf's neue,
Ich aber wandt' mich fort in's Feld,
Nun wandr' ich bis an's End' der Welt!

DER KRANKE

Vögelein munter
Singen so schön,
Laßt mich hinunter
Spazierengehn!

»Nacht ist's ja draußen;
'S war nur der Sturm,
Den du hörst sausen
Droben vom Turm.«

Liebchen im Garten
Seh' ich dort stehn,
Lang' mußt' sie warten,
O laßt mich gehn.

»Still nur, der blasse
Tod ist's, der sacht

Dort durch die Gasse
Schleicht in der Nacht.«

Wie mir ergraute,
Bleiches Gesicht!
Gebt mir die Laute,
Mir wird so licht!

»Was willst du singen
In tiefster Not?
Lenz, Lust vergingen,
Liebchen ist tot!« –

Laßt mich, Gespenster!
Lied, riegl' auf die Gruft!
Öffnet die Fenster,
Luft, frische freie Luft!

DIE HOCHZEITSSÄNGER

Fernher ziehn wir durch die Gassen,
Stehn im Regen und im Wind,
Wohl von aller Welt verlassen
Arme Musikanten sind.
Aus den Fenstern Geigen klingen,
Schleift und dreht sich's bunt und laut,
Und wir Musikanten singen
Draußen da der reichen Braut.

Wollt' sie doch keinen andern haben,
Ging mit mir durch Wald und Feld,
Prächtig in den blauen Tagen
Schien die Sonne auf die Welt.

Heisa: lustig Drehn und Ringen,
Jeder hält sein Liebchen warm,
Und wir Musikanten singen
Lustig so, daß Gott erbarm.

Lachend reicht man uns die Neigen,
Auf ihr Wohlsein trinken wir;
Wollt' sie sich am Fenster zeigen,
'S wäre doch recht fein von ihr.
Und wir fiedeln und wir singen
Manche schöne Melodei,
Daß die besten Saiten springen,
'S war, als spräng' mir's Herz entzwei.

Jetzt ist Schmaus und Tanz zerstoben,
Immer stiller wird's im Haus,
Und die Mägde putzen oben
Alle lust'gen Kerzen aus.
Doch wir blasen recht mit Rasen
Jeder in sein Instrument,
Möcht' in meinem Grimm ausblasen
Alle Stern' am Firmament!

Und am Hause seine Runde
Tritt der Wächter gähnend an,
Rufet aus die Schlafensstunde,
Und sieht ganz erbost uns an.
Doch nach ihrem Kabinette
Schwing ich noch mein Tamburin,
Fahr' wohl in dein Himmelbette,
Weil wir müssen weiterziehn!

DER LETZTE GRUSS

Ich kam vom Walde hernieder,
Da stand noch das alte Haus,
Mein Liebchen, sie schaute wieder
Wie sonst zum Fenster hinaus.

Sie hat einen andern genommen,
Ich war draußen in Schlacht und Sieg,
Nun ist alles anders gekommen,
Ich wollt', 's wär wieder erst Krieg.

Am Wege dort spielte ihr Kindlein,
Das glich ihr recht auf ein Haar,
Ich küßt's auf sein rotes Mündlein:
»Gott segne dich immerdar!«

Sie aber schaute erschrocken
Noch lange Zeit nach mir hin,
Und schüttelte sinnend die Locken
Und wußte nicht, wer ich bin. –

Da droben hoch stand ich am Baume,
Da rauschten die Wälder so sacht,
Mein Waldhorn, das klang wie im Traume
Hinüber die ganze Nacht.

Und als die Vögelein sangen
Frühmorgens, sie weinte so sehr,
Ich aber war weit schon gegangen,
Nun sieht sie mich nimmermehr!

BEI EINER LINDE

Seh' ich dich wieder, du geliebter Baum,
In dessen junge Triebe
Ich einst in jenes Frühlings schönstem Traum
Den Namen schnitt von meiner ersten Liebe?

Wie anders ist seitdem der Äste Bug,
Verwachsen und verschwunden
Im härt'ren Stamm der vielgeliebte Zug,
Wie ihre Liebe und die schönen Stunden!

Auch ich seitdem wuchs stille fort, wie du,
Und nichts an mir wollt' weilen,
Doch *meine* Wunde wuchs – und wuchs nicht zu,
Und wird wohl niemals mehr hienieden heilen.

VOM BERGE

Da unten wohnte sonst mein Lieb,
Die ist jetzt schon begraben,
Der Baum noch vor der Türe blieb,
Wo wir gesessen haben.

Stets muß ich nach dem Hause sehn,
Und seh' doch nichts vor Weinen,
Und wollt' ich auch hinuntergehn,
Ich stürb' dort so alleine!

VERLORENE LIEBE

Lieder schweigen jetzt und Klagen,
Nun will ich erst fröhlich sein,
All' mein Leid will ich zerschlagen
Und Erinnern – gebt mir Wein!
Wie er mir verlockend spiegelt
Sterne und der Erde Lust,
Stillgeschäftig dann entriegelt
All' die Teufel in der Brust,
Erst der Knecht und dann der Meister,
Bricht er durch die Nacht herein,
Wildester der Lügengeister,
Ring' mit mir, ich lache dein!
Und den Becher voll Entsetzen
Werf' ich in des Stromes Grund,
Daß sich nimmer dran soll letzen
Wer noch fröhlich und gesund!

Lauten hör' ich ferne klingen,
Lust'ge Burschen ziehn vom Schmaus,
Ständchen sie den Liebsten bringen,
Und das lockt mich mit hinaus.
Mädchen hinter'm blüh'nden Baume
Winkt und macht das Fenster auf,
Und ich steige wie im Traume
Durch das kleine Haus hinauf.
Schüttle nur die dunklen Locken
Aus dem schönen Angesicht!
Sieh, ich stehe ganz erschrocken:
Das sind *ihre* Augen licht,
Locken hatte sie wie deine,
Bleiche Wangen, Lippen rot –
Ach, du bist ja doch nicht meine,

Und *mein* Lieb ist lange tot!
Hättest du nur nicht gesprochen
Und so frech geblickt nach mir,
Das hat ganz den Traum zerbrochen
Und nun grauet mir vor dir.
Da nimm Geld, kauf Putz und Flimmern,
Fort und lache nicht so wild!
O ich möchte dich zertrümmern,
Schönes, lügenhaftes Bild!

Spät von dem verlornen Kinde
Kam ich durch die Nacht daher,
Fahnen drehten sich im Winde,
Alle Gassen waren leer.
Oben lag noch meine Laute
Und mein Fenster stand noch auf,
Aus dem stillen Grunde graute
Wunderbar die Stadt herauf.
Draußen aber blitzt's vom weiten,
Alter Zeiten ich gedacht',
Schauernd reiß' ich in den Saiten
Und ich sing' die halbe Nacht.
Die verschlafnen Nachbarn sprechen,
Daß ich nächtlich trunken sei –
O du mein Gott! und mir brechen
Herz und Saitenspiel entzwei!

DAS STÄNDCHEN

Auf die Dächer zwischen blassen
Wolken scheint der Mond herfür,
Ein Student dort auf der Gassen
Singt vor seiner Liebsten Tür.

Und die Brunnen rauschen wieder
Durch die stille Einsamkeit,
Und der Wald vom Berge nieder,
Wie in alter, schöner Zeit.

So in meinen jungen Tagen
Hab' ich manche Sommernacht
Auch die Laute hier geschlagen
Und manch lust'ges Lied erdacht.

Aber von der stillen Schwelle
Trugen sie mein Lieb' zur Ruh –
Und du, fröhlicher Geselle,
Singe, sing' nur immer zu!

TRENNUNG

1.

Denkst du noch jenes Abends, still vor Sehnen,
Wo wir zum letztenmal im Park beisammen?
Kühl standen rings des Abendrotes Flammen,
Ich scherzte wild – du lächeltest durch Tränen.
So spielt der Wahnsinn lieblich mit den Schmerzen
An jäher Schlüfte Rand, die nach ihm trachten;
Er mag der lauernden Gefahr nicht achten;
Er hat den Tod ja schon im öden Herzen.

Ob du die Mutter auch belogst, betrübtest,
Was andre Leute drüber deuten, sagen –
Sonst schon – heut mocht'st du nichts nach allem fragen,

Mir einzig zeigen nur, wie du mich liebtest.
Und aus dem Hause heimlich so entwichen,
Gabst du in's Feld mir schweigend das Geleite,
Vor uns das Tal, das hoffnungsreiche, weite,
Und hinter uns kam grau die Nacht geschlichen.

Du gehst nun fort, sprachst du, ich bleib' alleine;
Ach! dürft' ich alles lassen, still und heiter
Mit dir so ziehn hinab und immer weiter –
Ich sah dich an – es spielten bleiche Scheine
So wunderbar um Locken dir und Glieder;
So ruhig, fremd warst du mir nie erschienen,
Es war, als sagten die versteinten Mienen,
Was du verschwiegst: Wir seh'n uns niemals wieder!

2.

Schon wird es draußen licht auf Berg und Talen;
Aurora, stille Braut, ihr schönen Strahlen,
Die farb'gen Rauch aus Fluß und Wäldern saugen,
Euch grüßen neu die halbverschlafnen Augen.
Verrätrisch, sagt man, sei des Zimmers Schwüle,
Wo nachts ein Mädchen träumte vom Geliebten:
So komm herein, du rote, frische Kühle,
Fliegt in die blaue Luft, ihr schönen Träume!

Ein furchtsam Kind, im stillen Haus erzogen,
Konnt' ich am Abendrot die Blicke weiden,
Tiefatmend in die laue Luft vor Freuden.
Er hat um diese Stille mich betrogen.
Mit stolzen Augen, fremden schönen Worten
Lockt er die Wünsche aus dem stillen Hafen,
Wo sie bei Sternenglanze selig schlafen,

Hinaus ins unbekannte Reich der Wogen;
Da kommen Winde buhlend angeflogen,
Die zarte Hand zwingt nicht die wilden Wellen,
Du mußt, wohin die vollen Segel schwellen.

Da zog er heimlich fort. – Seit jenem Morgen
Da hatt' ich Not, hatt' heimlich was zu sorgen.
Wenn nächtlich unten lag die stille Runde,
Einförmig Rauschen herkam von den Wäldern,
Pfeifend der Wind strich durch die öden Felder
Und hin und her in Dörfern bellten Hunde.
Ach! wenn kein glücklich Herz auf Erden wacht,
Begrüßten die verweinten Augen manche Nacht!

Wie oft, wenn wir im Garten ruhig waren,
Sagte mein Bruder mir vor vielen Jahren:
»Dem schönen Lenz gleicht recht die erste Liebe.
Wann draußen neu geschmückt die Frühlingsbühne,
Die Reiter blitzend unten ziehn durch's Grüne,
In blauer Luft die Lerchen lustig schwirren,
Läßt sie sich weit in's Land hinaus verführen,
Fragt nicht, wohin, und mag sich gern verirren,
Den Stimmen folgend, die sie wirrend führen.
Da wendet auf den Feldern sich der Wind,
Die Vögel hoch durch Nebel ziehn nach Haus;
Es wird so still, das schöne Fest ist aus.
Gar weit die Heimat liegt, das schöne Kind
Find't nicht nach Hause mehr, nicht weiter fort –
Hüt' dich, such' früh dir einen sichern Port!«

DIE EINSAME

1.

Wenn morgens das fröhliche Licht bricht ein,
Tret' ich zum offenen Fensterlein,
Draußen gehn lau die Lüft' auf den Auen,
Singen die Lerchen schon hoch im Blauen,
Rauschen am Fenster die Bäume gar munter,
Ziehn die Brüder in den Wald hinunter;
Und bei dem Sange und Hörnerklange
Wird mir immer so bange, bange.

Wüßt' ich nur immer, wo du jetzo bist,
Würd' mir schon wohler auf kurze Frist.
Könntest du mich nur über die Berge sehen
Dein gedenkend im Garten gehen:
Dort rauschen die Brunnen jetzt alle so eigen,
Die Blumen vor Trauern im Wind sich neigen.
Ach! von den Vöglein über die Tale
Sei mir gegrüßt viel tausend Male!

Du sagtest gar oft: wie süß und rein
Sind deine blauen Äugelein!
Jetzo müssen sie immerfort weinen,
Da sie nicht finden mehr, was sie meinen;
Wird auch der rote Mund erblassen,
Seit du mich, süßer Buhle, verlassen.
Eh' du wohl denkst, kann das Blatt sich wenden,
Geht alles gar bald zu seinem Ende.

2.

Die Welt ruht still im Hafen,
Mein Liebchen, gute Nacht!
Wann Wald und Berge schlafen,
Treu' Liebe einsam wacht.

Ich bin so wach und lustig,
Die Seele ist so licht,
Und eh' ich liebt', da wußt' ich
Von solcher Freude nicht.

Ich fühl' mich so befreiet
Von eitlem Trieb und Streit,
Nichts mehr das Herz zerstreuet
In seiner Fröhlichkeit.

Mir ist, als müßt' ich singen
So recht aus tiefster Lust
Von wunderbaren Dingen,
Was niemand sonst bewußt.

O könnt' ich alles sagen!
O wär' ich recht geschickt!
So muß ich still ertragen,
Was mich so hoch beglückt.

3.

Wär's dunkel, ich läg' im Walde,
Im Walde rauscht's so sacht,
Mit ihrem Sternenmantel
Bedecket mich da die Nacht,
Da kommen die Bächlein gegangen:

Ob ich schon schlafen tu'?
Ich schlaf' nicht, ich hör' noch lange
Den Nachtigallen zu,
Wenn die Wipfel über mir schwanken,
Es klinget die ganze Nacht,
Das sind im Herzen die Gedanken,
Die singen, wenn niemand wacht.

4.

Im beschränkten Kreis der Hügel,
Auf des stillen Weihers Spiegel
Scheue, fromme Silberschwäne –
Fassend in des Rosses Mähne
Mit dem Liebsten kühn im Bügel –
Blöde Bande – mut'ge Flügel
Sind getrennter Lieb' Gedanken!

AN DIE ENTFERNTE

1.

Denk' ich, du Stille, an dein ruhig Walten,
An jenes letzten Abends rote Kühle,
Wo ich die teure Hand noch durfte halten:
Steh' ich oft sinnend stille im Gewühle,
Und, wie den Schweizer heim'sche Alphornslieder
Auf fremden Bergen, fern den Freunden allen,
Oft unverhofft befallen,
Kommt tiefe Sehnsucht plötzlich auf mich nieder.

Ich hab' es oft in deiner Brust gelesen:
Nie hast du recht mich in mir selbst gefunden,

Fremd blieb, zu keck und treibend dir mein Wesen,
Und so bin ich im Strome dir verschwunden.
O nenn' drum nicht die schöne Jugend wilde,
Die mit dem Leben und mit seinen Schmerzen
Mag unbekümmert scherzen,
Weil sie die Brust reich fühlt und ernst und milde!

Getrennt ist längst schon unsres Lebens Reise,
Es trieb mein Herz durch licht' und dunkle Stunden.
Dem festern Blick erweitern sich die Kreise,
In Duft ist jenes erste Reich verschwunden –
Doch, wie die Pfade einsam sich verwildern,
Was ich seitdem, von Lust und Leid bezwungen,
Geliebt, geirrt, gesungen:
Ich knie' vor dir in all' den tausend Bildern.

2.

Als noch Lieb' mit mir im Bunde,
Hatt' ich Ruhe keine Stunde;
Wenn im Schloß noch alle schliefen,
War's, als ob süß' Stimmen riefen,
Tönend bis zum Herzensgrunde:
»Auf! schon gold'ne Strahlen dringen,
Heiter funkeln Wald und Garten,
Neu erquickt die Vögel singen,
Läßt du so dein Liebchen warten?«
Und vom Lager mußt' ich springen.

Doch kein Licht noch sah ich grauen,
Draußen durch die nächtlich lauen
Räume nur die Wolken flogen,
Daß die Seele, mitgezogen,
Gern versank im tiefen Schauen –

Unten dann die weite Runde,
Schlösser glänzend fern erhoben,
Nachtigallen aus dem Grunde,
Alles wie im Traum verwoben,
Miteinander still im Bunde.

Wach blieb ich am Fenster stehen,
Kühler schon die Lüfte wehen,
Rot schon rings des Himmels Säume,
Regten frischer sich die Bäume,
Stimmen hört' ich fernab gehen:
Und durch Türen, öde Bogen,
Zürnend, daß die Riegel klungen,
Bin ich heimlich ausgezogen,
Bis befreit auf's Roß geschwungen,
Morgenwinde mich umflogen.

Läßt der Morgen von den Höhen
Weit die roten Fahnen wehen,
Widerhall in allen Lüften,
Losgerissen aus den Klüften
Silberner die Ströme gehen:
Spürt der Mann die frischen Geister,
Draußen auf dem Feld, zu Pferde
Alle Ängste keck zerreißt er,
Dampfend unter ihm die Erde,
Fühlt er hier sich Herr und Meister.

Und so öffnet' ich die schwüle
Brust aufatmend in der Kühle!
Locken fort aus Stirn und Wange,
Daß der Strom mich ganz umfange,
Frei das blaue Meer umspüle,
Mit den Wolken, eilig fliehend,

Mit der Ströme lichtem Grüßen
Die Gedanken fröhlich ziehend,
Weit voraus vor Wolken, Flüssen –
Ach! ich fühlte, daß ich blühend!

Und im schönen Garten droben,
Wie aus Träumen erst gehoben,
Sah ich still mein Mädchen stehen,
Über Fluß und Wälder gehen
Von der heitern Warte oben
Ihre Augen licht und helle,
Wann der Liebste kommen werde. –
Ja! da kam die Sonne schnelle,
Und weit um die ganze Erde
War es morgenschön und helle!

IM ABENDROT

Wir sind durch Not und Freude
Gegangen Hand in Hand,
Vom Wandern ruhn wir beide
Nun über'm stillen Land.

Rings sich die Täler neigen,
Es dunkelt schon die Luft,
Zwei Lerchen nur noch steigen
Nachträumend in den Duft.

Tritt her, und laß sie schwirren,
Bald ist es Schlafenszeit,
Daß wir uns nicht verirren
In dieser Einsamkeit.

O weiter, stiller Friede!
So tief im Abendrot
Wie sind wir wandermüde –
Ist das etwa der Tod?

ANGEDENKEN

Berg' und Täler wieder fingen
Ringsumher zu blühen an,
Aus dem Walde hört' ich singen
Einen lust'gen Jägersmann.

Und die Tränen drangen leise:
So einst blüht' es weit und breit,
Als mein Lieb dieselbe Weise
Mich gelehrt vor langer Zeit.

Ach, ein solches Angedenken,
'S ist nur eitel Klang und Luft,
Und kann schimmernd doch versenken
Rings in Tränen Tal und Kluft!

VESPER

Die Abendglocken klangen
  Schon durch das stille Tal,
Da saßen wir zusammen
  Da droben wohl hundertmal.

Und unten war's so stille
  Im Lande weit und breit,

Nur über uns die Linde
  Rauscht' durch die Einsamkeit.

Was gehn die Glocken heute
  Als ob ich weinen müßt'?
Die Glocken, die bedeuten,
  Daß meine Lieb' gestorben ist!

Ich wollt', ich läg' begraben,
  Und über mir rauschte weit
Die Linde jeden Abend
  Von der alten, schönen Zeit!

DIE NACHTIGALLEN

Möcht' wissen, was sie schlagen
So schön bei der Nacht,
'S ist in der Welt ja doch niemand,
Der mit ihnen wacht.

Und die Wolken, die reisen,
Und das Land ist so blaß,
Und die Nacht wandert leise
Durch den Wald über's Gras.

Nacht, Wolken, wohin sie gehen,
Ich weiß es recht gut,
Liegt ein Grund hinter den Höhen,
Wo meine Liebste jetzt ruht.

Zieht der Einsiedel sein Glöcklein,
Sie höret es nicht,

Es fallen ihr die Löcklein
Über's ganze Gesicht.

Und daß sie niemand erschrecket,
Der liebe Gott hat sie hier
Ganz mit Mondschein bedecket,
Da träumt sie von mir.

DER KÄMPE

Nach drei Jahren kam gefahren
Einsam auf dem Rhein ein Schiff,
Drin gebunden und voll Wunden
Lag ein Rittersmann und rief:

»Still den Garten schön tust warten,
Bleibst am Fenster ofte stehn,
Ruhig scheinst du, heimlich weinst du,
Wie die Schiffe unten gehn.«

»Was vertraust du, warum baust du
Auf der Männer wilde Brust,
Die das Blut ziert und der Streit rührt
Und die schöne Todeslust!«

Oben spinnend, saß sie sinnend –
Schwanden Schiff und Tageslicht,
Was er sunge, war verklungen,
Sie erkannt' den Liebsten nicht.

Du warst so herrlich anzuschauen,
So kühn und wild und doch so lieb,
Dir mußt' ich Leib und Seel' vertrauen,
Ich mocht' nichts mehr, das meine blieb!
Da hast du, Falscher, mich verlassen
Und Blumen, Lust und Frühlingsschein,
Die ganze Welt sah ich erblassen,
Ach Gott, wie bin ich nun allein!

Wohl jahrlang sah ich von den Höhen
Und grüßte dich viel tausendmal,
Und unten sah ich viele gehen,
Doch du erschienst nicht in dem Tal.
Und mancher Lenz mit bunten Scherzen
Kam und verflog im lust'gen Lauf,
Doch ach! in dem betrognen Herzen
Geht niemals mehr der Frühling auf.

Ein Kränzlein trag' ich nun im Haare,
In reichen Kleidern schön geschmückt,
Führt mich ein andrer zum Altare,
Die Eltern sind so hoch beglückt.
Und fröhlich kann ich mich wohl zeigen,
Die Sonne hell wie damals scheint,
Und vor dem Jauchzen und dem Geigen
Hört keiner, wie die Braut still weint.

Die Frühlingslieder neu beginnen –
Du kehrst nach manchem Jahr zurück,
Und stehest still, dich zu besinnen,
Wie auf ein langstvergangnes Glück.
Doch wüst verwachsen liegt der Garten,

Das Haus steht lange still und leer,
Kein Lieb will dein am Fenster warten,
Und dich und mich kennt niemand mehr.

Doch eine Lerche siehst du steigen
Vom Tal zum blauen Himmelsport,
Ein Bächlein rauschet da so eigen,
Als weinte es in einem fort.
Dort haben sie mich hingetragen,
Bedeckten mir mit Stein den Mund –
Nun kann ich dir nicht einmal sagen,
Wie ich dich liebt' aus Herzensgrund.

DAS ZERBROCHENE RINGLEIN

In einem kühlen Grunde
Da geht ein Mühlenrad,
Mein' Liebste ist verschwunden,
Die dort gewohnet hat.

Sie hat mir Treu versprochen,
Gab mir ein'n Ring dabei,
Sie hat die Treu gebrochen,
Mein Ringlein sprang entzwei.

Ich möcht' als Spielmann reisen
Weit in die Welt hinaus,
Und singen meine Weisen,
Und gehn von Haus zu Haus.

Ich möcht' als Reiter fliegen
Wohl in die blut'ge Schlacht,

Um stille Feuer liegen
Im Feld bei dunkler Nacht.

Hör' ich das Mühlrad gehen:
Ich weiß nicht, was ich will –
Ich möcht' am liebsten sterben,
Da wär's auf einmal still!

DER TRAURIGE JÄGER

Zur ew'gen Ruh sie sangen
Die schöne Müllerin,
Die Sterbeglocken klangen
Noch über'n Waldgrund hin.

Da steht ein Fels so kühle,
Wo keine Wandrer gehn,
Noch einmal nach der Mühle
Wollt' dort der Jäger sehn.

Die Wälder rauschten leise,
Sein Jagen war vorbei,
Der blies so irre Weise,
Als müßt' das Herz entzwei.

Und still dann in der Runde
Ward's über Tal und Höh'n,
Man hat seit dieser Stunde
Ihn nimmermehr gesehn.

VOM STRANDE

Ich rufe vom Ufer
Verlorenes Glück,
Die Ruder nur schallen
Zum Strande zurück.

Vom Strande, lieb' Mutter,
Wo der Wellenschlag geht,
Da fahren die Schiffe,
Mein Liebster drauf steht.
Je mehr ich sie rufe,
Je schneller ihr Lauf,
Wenn ein Hauch sie entführet,
Wer hielte sie auf?
Der Hauch meiner Klagen
Die Segel nur schwellt,
Je mehr mein Verlangen
Zurücke sie hält!
Verhielt' ich die Klagen:
Es löst' sie der Schmerz,
Und Klagen und Schweigen
Zersprengt mir das Herz.

Ich rufe vom Ufer
Verlorenes Glück,
Die Ruder nur schallen
Zum Strande zurück.

So flüchtige Schlösser,
Wer könnt' ihn'n vertraun
Und Liebe, die bliebe,
Mit Freuden drauf baun?
Wie Vögel im Fluge,

Wo ruhen sie aus?
So eilige Wandrer
Sie finden kein Haus,
Zertrümmern der Wogen
Grünen Kristall,
Und was sie berühren
Verwandelt sich all',
Es wandeln die Wellen
Und wandelt der Wind –
Meine Schmerzen im Herzen
Beständig nur sind.

Ich rufe vom Ufer
Verlorenes Glück,
Die Ruder nur schallen
Zum Strande zurück.

DIE MUSIKANTIN

Schwirrend, Tamburin, dich schwing' ich,
Doch mein Herz ist weit von hier.

Tamburin, ach könnt'st du's wissen,
Wie mein Herz von Schmerz zerrissen,
Deine Klänge würden müssen
Weinen um mein Leid mit mir.

Weil das Herz mir will zerspringen,
Laß ich hell die Schellen klingen,
Die Gedanken zu versingen
Aus des Herzens Grunde mir.

Schöne Herren, tief im Herzen
Fühl' ich immer neu die Schmerzen,
Wie ein Angstruf ist mein Scherzen,
Denn mein Herz ist weit von hier.

TURTELTAUBE UND NACHTIGALL

Bächlein, das so kühle rauschet,
Tröstest alle Vögelein,
Nur das Turteltäubchen trauert.
Weil's verwitwet und allein.

Nachtigallenmännchen draußen
Schmettert so verlockend drein:
Mir vertraue, süße Fraue,
Will dein Lieb, dein Liebster sein!

»Böser, laß die falschen Lieder!
Ruh' auf keinem Zweig, der blüht,
Laß' auf keiner Au mich nieder,
Die von schönen Blumen glüht.«

»Wo ich finde eine Quelle
Helle in dem grünen Haus,
Mit dem Schnabel erst die Welle
Trüb' ich, eh ich trink' daraus.«

»Einsam soll man mich begraben,
Laß mich trauernd hier allein,
Will nicht Trost, nicht Lust mehr haben,
Nicht dein Weib noch Liebchen sein!«

Blanker seid Ihr, meine Herrin,
Blanker, als der Sonne Strahl!
Einmal sorglos möcht' ich schlafen
Ohne Waffen diese Nacht,
Denn wohl sieben lange Jahre
Legt' ich nicht die Rüstung ab,
Dunkler schon als ruß'ge Kohlen
Ist mein junger Leib vom Stahl.

Ruhet diese Nacht nur, Ritter,
Schlaft entwaffnet ohne Arg,
Denn der Graf ist fern im Walde,
Jagend über Berg und Tal.
Wollt', der Sturm zerriß die Hunde
Und der Adler ihm den Falk,
Und die Berg', im Grunde wankend,
Stürzten ihn vom Fels herab!

Drauf, heimkehrend aus dem Walde,
Trat in's Zimmer ihr Gemahl:
»Was hier einsam sinnt Ihr, Dame?
Euer Stamm ist voll Verrat.« –
»»Herr, ich kämme meine Locken,
Kämme sie mit großem Gram,
Weil Ihr so allein mich lasset,
Draußen schweifend auf der Jagd. –««
»Diese Worte, schöne Blanka,
Haben einen falschen Klang,
Wessen ist das Roß im Hofe,
Dessen Wiehern dort erschallt?« –
»»Meines Vaters Rößlein ist es,
Das er Euch geschickt zur Jagd.«« –

»Wessen sind die blanken Waffen,
Die ich leuchten sah im Gang?« –
»»Herr, 's sind meines Bruders Waffen,
Euch hat er sie heut gesandt.«« –
»Wessen ist die fremde Lanze,
Die dort herblinkt von der Wand?« –
»»Nehmt sie rasch und stoßt mich nieder,
Das verdien' ich, guter Graf!««

DIE JUNGFRAU UND DER RITTER

Eine Jungfrau wandert' einsam
In dem wunderschönen Frankreich,
Gen Paris sie wollte ziehen,
Wo die Eltern ihrer harrten;
Von den Ihren abgekommen,
Hatt' sie sich verirrt im Walde,
Lehnte sich an eine Eiche,
Andre Wandrer abzuwarten.

Kam ein Ritter da geritten,
Gleichfalls gen Paris er trabte.
»Wenn es Euch beliebt, Herr Ritter,
Nehmt mich mit aus diesem Walde. –«
»»Herzlich gerne, schöne Herrin!««
Und, ihr höflich aufzuwarten,
Sprang der Ritter von dem Rosse,
Hob hinauf sie, in den Sattel
Drauf sich selber zu ihr schwingend.

Aber als sie so im Walde
Einsam ritten, da begann er
Ihr verliebt den Hof zu machen.

»Hüt' dich, Ritter, sei nicht schändlich,
Ein Todkranker war mein Vater
Und verpestet meine Mutter,
Siech und elend müßt' verschmachten,
Wer mich frevelhaft berührte. –«
Und der Ritter schwieg erblassend.
Aber in Paris am Tore
Still in sich die Jungfrau lachte.
»Warum lacht Ihr, schöne Herrin?« –
»»Über den feigen Ritter lach' ich,
Der sein Mädchen hat im Freien
Und nichts macht als Redensarten!««

Voller Scham sprach da der Ritter:
»Kehrt noch einmal um zum Walde,
Habe draußen was vergessen.«
Doch die schlaue Jungfrau sagte:
»»Nimmer kehr' ich um, und tät' ich's,
Keiner doch wagt's, mir zu nahen,
Denn ich bin die Tochter Frankreichs,
Und der König ist mein Vater,
Und wer meinen Leib berührte,
Müßt's mit seinem Kopf bezahlen.««

DAS WALDFRÄULEIN

Falke war im Wald verflogen
Und die Hunde irrten weit,
Jagdmüd' lehnt' an eine Eiche
Sich der Ritter im Gestein,
Eine Jungfrau da erschrocken
In des Wipfels Dunkelheit
Sah er stehen, ihre Locken

Rings umgaben Stamm und Zweig.
»Staune nicht und laß dein Grauen,
Bin ein Königstöchterlein,
Sieben Zauberfraun mich haben
Auf der Amme Schoß gefeit,
Daß ich sieben Jahr muß wohnen
Hier in Waldeseinsamkeit.
Sieben Jahr sind heut verflossen
Oder morgen um die Zeit,
Bitte dich um Gotteswillen,
Führ' mich aus dem Walde heim,
Will als Ehefrau dir dienen,
Oder auch dein Liebchen sein.«

»Fräulein, noch bis morgen frühe
Harret in dem Walde mein,
Hab' zu Haus 'ne weise Mutter,
Will erst fragen, was sie meint.« –
Sie vom Baum rief: »Weh dem Ritter,
Der die Jungfrau läßt allein!«

Er ritt fort, sie blieb im Walde,
Mutter riet, er sollt' sie frein.

Als er morgens kehrt' zurücke,
War's so stille im Gestein,
Konnt' den Baum nicht wiederfinden,
Aber weit, vom Walde weit
Sah er ziehn ein Fähnlein Reiter,
Führten fort das Waldfräulein;
Und er stürzt zu Boden nieder
In der grünen Einsamkeit:
»Schwer Gericht verdient der Ritter,
Der verloren solche Maid!

Ich will selbst den Stab mir brechen,
Ich will selbst mein Richter sein,
Abhaun soll man mir die Rechte
Und mich schleifen durch die Heid!«

ÜBER GELB' UND ROTE STREIFEN

Über gelb' und rote Streifen
Ziehen hoch die Vögel fort.
Trostlos die Gedanken schweifen,
Ach! sie finden keinen Port,
Und der Hörner dunkle Klagen
Einsam nur ans Herz dir schlagen.

Siehst du blauer Berge Runde
Ferne überm Walde stehn,
Bäche in dem stillen Grunde
Rauschend nach der Ferne gehn?
Wolken, Bäche, Vögel munter,
Alles ziehet mit hinunter.

Golden meine Locken wallen,
Süß mein junger Leib noch blüht –
Bald ist Schönheit auch verfallen,
Wie des Sommers Glanz verglüht,
Jugend muß die Blüten neigen,
Rings die Hörner alle schweigen.

Schlanke Arme zu umarmen,
Roten Mund zum süßen Kuß,
Weiße Brust, dran zu erwarmen,
Reichen, vollen Liebesgruß

Bietet dir der Hörner Schallen,
Süßer! komm, eh sie verhallen!

STILL IN LUFT

Still in Luft
Es gebart,
Aus dem Duft
Hebt's sich zart,
Liebchen ruft,
Liebster schweift
Durch die Luft,
Sternwärts greift,
Seufzt und ruft,
Herz wird bang,
Matt wird Duft,
Zeit wird lang. –
Mondscheinduft,
Luft in Luft
Bleibt Liebe und Liebste, wie sie gewesen!

ER ABER IST GEFAHREN

Er aber ist gefahren
Weit übers Meer hinaus,
Verwildert ist der Garten,
Verfallen liegt sein Haus.

Doch nachts im Mondenglanze
Sie manchmal noch erwacht,
Löst von dem Perlenkranze
Ihr Haar, das wallt wie Nacht.

So sitzt sie auf den Zinnen,
Und über ihr Angesicht
Die Perlen und Tränen rinnen,
Man unterscheid't sie nicht.

TREU' LIEB IST UNVERLOREN

DER RITTER

Rasch sprengt der Ritter an ertos'nden Flüssen,
Funkelnd durch Waldes dunkelgrüne Dichten,
Die schlanker sich in Himmelsglanz aufrichten,
Den König kühlerauschend zu begrüßen.

Viel' schöne Augen werden weinen müssen,
Daß er Visier und Locken nie will lichten,
Daß zu den Hohen sie sich mußten richten,
Betaut von süßem Schmerze, gerne büßen.

Schön ist's, von ird'schen Banden losgebunden,
In grüner Nacht, in dunkler Wetter Blicke
Einsam den Sinn zu weiden, den wilden, reinen.

Doch Schönres wird auf Erden nicht gefunden,
Als wenn der Stolze senkt die dunklen Blicke,
Sanft niederkniend vor der Ersten, Einen.

FRÜHLINGSANDACHT

In Lust und Scherzen dreh'n sich leichte Tage,
Von weißen Armen ruhet Lieb' umwunden,
Der Sänger schweift allein im Waldesgrunde,
Nur Waldhorns-Klang will, was er sucht, ihm sagen.

Es bringt der Lenz so glänzend Spiel getragen,
Durch's farb'ge Land die Ströme hell gewunden,
All' bunte Schifflein wieder losgebunden!
So zieh' doch fröhlich mit! – Wer wollt' noch zagen?

Doch daß im bunten, lichten Tanz des Maien
Der Einz'ge nur allein nicht länger weine,
Sieht er als Blume sich den Lenz erschließen;

Und aus dem duft'gen Kelch im Glorienscheine
Neigt sich die ew'ge Jungfrau, hebt den Treuen
An ihre Mutterbrust mit tausend Küssen.

MARIA

Ist der Frühling nicht gekommen,
Sinn'ge Farben still entglommen?
Hab ich nicht den Schleier 'hoben,
Zart aus Blumenduft gewoben?
Gegenüber kannst du sitzen,
In des Kranzes funkelnd Blitzen,
In die stillen offnen Augen,
Himmelblau im Herzen, schauen,
Was dich ängstet, mir vertrauen;
Muß dann weinen mit dir sehr,
Sag', was willst du denn noch mehr?

Ewig werd' ich schweigen müssen,
Denn wohl niemand darf es wissen,
Was die Wünsche lang verschließen:
Möcht dich gern recht herzlich grüßen,
Rühren nur den Mund den süßen,
Sterben gerne so im Küssen.

MORGENLIED

Sei stark, getreues Herze!
Laß' ab von Angst und Schmerze!
Steh auf und geh mit mir,
Viel Freude zeig' ich dir.

Die Lerchen jubilieren
Und fröhlich' Musizieren
Aus grünem frischem Wald
Von Stimmlein mannigfalt.

Wie geschmückt von Edelsteinen,
Die Erd' in bunten Scheinen
Als junge fromme Braut
Dir froh in's Herze schaut.

Im Garten zu spazieren,
Die Blumen mich verführen,
Schön Augen aus dem Grün –
Viel heitrer Minnesinn!

Maria, schöne Rose!
Wie stünd' ich freudenlose,
Hätt' ich nicht dich ersehn,
Vor allen Blumen schön.

Nun laß den Sommer gehen,
Die Blume, die bleibt stehen
Mit ew'gem Morgenschein –
Wer wollt' noch traurig sein!

1.

Vöglein in den sonn'gen Tagen!
Lüfte blau, die mich verführen!
Könnt' ich bunte Flügel rühren,
Über Berg und Wald sie schlagen!

Ach! es spricht des Frühlings Schöne,
Und die Vögel alle singen:
Sind die Farben denn nicht Töne,
Und die Töne bunte Schwingen?

Vöglein, ja, ich lass' das Zagen!
Winde sanft die Segel rühren,
Und ich lasse mich entführen,
Ach! wohin? mag ich nicht fragen.

2.

Ach! wie ist es doch gekommen,
Daß die ferne Waldes-Pracht
So mein ganzes Herz genommen,
Mich um alle Ruh' gebracht!

Wenn von drüben Lieder wehen,
Waldhorn gar nicht enden will,
Weiß ich nicht, wie mir geschehen,
Und im Herzen bet' ich still.

Könnt' ich zu den Wäldern flüchten,
Mit dem Grün in frischer Lust

Mich zum Himmelsglanz aufrichten –
Stark und frei wär' da die Brust!

Hörnerklang und Lieder kämen
Nicht so schmerzlich an mein Herz,
Fröhlich wollt' ich Abschied nehmen,
Zög' auf ewig wälderwärts.

INTERMEZZO

Wie so leichte läßt sich's leben!
Blond und rot und etwas feist,
Tue wie die andern eben,
Daß dich jeder Bruder heißt,
Speise, was die Zeiten geben,
Bis die Zeit auch dich verspeist!

3.

Wenn die Klänge nah'n und fliehen
In den Wogen süßer Lust,
Ach! nach tiefern Melodien
Sehnt sich einsam oft die Brust.

Wenn auf Bergen blüht die Frühe,
Wieder buntbewegt die Straßen,
Freut sich alles, wie es glühe,
Himmelwärts die Erde blühe:
Einer doch muß tief erblassen,
Goldne Träume, Sternenlust
Wollten ewig ihn nicht lassen –
Sehnt sich einsam oft die Brust.

Und aus solcher Schmerzen Schwellen,
Was so lange dürstend rang,
Will an's Licht nun rastlos quellen,
Stürzend mit den Wasserfällen,
Himmelstäubend, jubelnd, bang,
Nach der Ferne sanft zu ziehen,
Wo so himmlisch Rufen sang,
Ach! nach tiefern Melodien.

Blüten licht nun Blüten drängen,
Daß er möcht' vor Glanz erblinden;
In den dunklen Zaubergängen,
Von den eigenen Gesängen
Hold gelockt, kann er nicht finden
Aus dem Labyrinth der Brust.
Alles, alles will's verkünden
In den Wogen süßer Lust.

Doch durch dieses Rauschen wieder
Hört er heimlich Stimmen ziehen,
Wie ein Fall verlorner Lieder
Und er schaut betroffen nieder:
»Wenn die Klänge nah'n und fliehen
In den Wogen süßer Lust,
Ach! nach tiefern Melodien
Sehnt sich einsam oft die Brust!«

4.

Ewig's Träumen von den Fernen!
Endlich ist das Herz erwacht
Unter Blumen, Klang und Sternen
In der dunkelgrünen Nacht.

Schlummernd unter blauen Wellen
Ruht der Knabe unbewußt,
Engel ziehen durch die Brust;
Oben hört er in den Wellen
Ein unendlich Wort zerrinnen,
Und das Herze weint und lacht,
Doch er kann sich nicht besinnen
In der dunkelgrünen Nacht.

Frühling will das Blau befreien,
Aus der Grüne, aus dem Schein
Ruft es lockend: Ewig dein –
Aus der Minne Zaubereien
Muß er sehnen sich nach Fernen,
Denkend alter Wunderpracht,
Unter Blumen, Klang und Sternen
In der dunkelgrünen Nacht.

Heil'ger Kampf nach langem Säumen,
Wenn süßschauernd an das Licht
Lieb' in dunkle Klagen bricht!
Aus der Schmerzen Sturz und Schäumen
Steigt Geliebte, Himmel, Fernen –
Endlich ist das Herz erwacht
Unter Blumen, Klang und Sternen
In der dunkelgrünen Nacht.

Und der Streit muß sich versöhnen,
Und die Wonne und den Schmerz
Muß er ewig himmelwärts
Schlagen nun in vollen Tönen:
Ewig's Träumen von den Fernen!
Endlich ist das Herz erwacht

Unter Blumen, Klang und Sternen
In der dunkelgrünen Nacht.

ABENDSTÄNDCHEN

Schlafe, Liebchen, weil's auf Erden
Nun so still und seltsam wird!
Oben gehn die gold'nen Herden,
Für uns alle wacht der Hirt.

In der Ferne ziehn Gewitter;
Einsam auf dem Schifflein schwank,
Greif' ich draußen in die Zither,
Weil mir gar so schwül und bang.

Schlingend sich an Bäum' und Zweigen,
In dein stilles Kämmerlein
Wie auf gold'nen Leitern steigen
Diese Töne aus und ein.

Und ein wunderschöner Knabe
Schifft hoch über Tal und Kluft,
Rührt mit seinem gold'nen Stabe
Säuselnd in der lauen Luft.

Und in wunderbaren Weisen
Singt er ein uraltes Lied,
Das in linden Zauberkreisen
Hinter seinem Schifflein zieht.

Ach, den süßen Klang verführet
Weit der buhlerische Wind,

Und durch Schloß und Wand ihn spüret
Träumend jedes schöne Kind.

SONETTE

1.

Es qualmt' der eitle Markt in Staub und Schwüle,
So klanglos öde wallend auf und nieder,
Wie dacht' ich da an meine Berge wieder,
An frischen Sang, Felsquell und Waldeskühle!

Doch steht ein Turm dort über dem Gewühle,
Der andre Zeiten sah und bess're Brüder,
Das Kreuz treu halten seine Riesenglieder,
Wie auch der Menschlein Flut den Fels umspüle.

Das war mein Hafen auf der weiten Wüste,
Oft kniet' ich betend in des Domes Mitte,
Dort hab' ich dich, mein liebes Kind, gefunden;

Ein Himmelsbote wohl, der so mich grüßte:
»Verzweifle nicht! die Schönheit und die Sitte
Sie sind noch von der Erde nicht verschwunden.«

2.

Ein alt Gemach voll sinn'ger Seltsamkeiten,
Still' Blumen aufgestellt am Fensterbogen,
Gebirg' und Länder draußen blau gezogen,
Wo Ströme gehn und Ritter ferne reiten.

Ein Mädchen, schlicht und fromm wie jene Zeiten,
Das, von den Abendscheinen angeflogen,
Versenkt in solcher Stille tiefe Wogen –
Das mocht' auf Bildern oft das Herz mir weiten.

Und nun wollt' wirklich sich das Bild bewegen,
Das Mädchen atmet' auf, reicht aus dem Schweigen
Die Hand mir, daß sie ewig meine bliebe.

Da sah ich draußen auch das Land sich regen,
Die Wälder rauschen und Aurora steigen –
Die alten Zeiten all' weckt mir die Liebe.

3.

Wenn zwei geschieden sind von Herz und Munde,
Da ziehn Gedanken über Berg' und Schlüfte
Wie Tauben säuselnd durch die blauen Lüfte,
Und tragen hin und wieder süße Kunde.

Ich schweif' umsonst, so weit der Erde Runde,
Und stieg ich hoch auch über alle Klüfte,
Dein Haus ist höher noch als diese Lüfte,
Da reicht kein Laut hin, noch zurück zum Grunde.

Ja, seit du tot – mit seinen blüh'nden Borden
Wich ringsumher das Leben mir zurücke,
Ein weites Meer, wo keine Bahn zu finden.

Doch ist dein Bild zum Sterne mir geworden,
Der nach der Heimat weist mit stillem Blicke,
Daß fromm der Schiffer streite mit den Winden.

GUTE NACHT

Die Höh'n und Wälder schon steigen
Immer tiefer in's Abendgold,
Ein Vöglein fragt in den Zweigen:
Ob es Liebchen grüßen sollt'?

O Vöglein, du hast dich betrogen,
Sie wohnet nicht mehr im Tal,
Schwing' auf dich zum Himmelsbogen,
Grüß' sie droben zum letztenmal!

AN EINEN OFFIZIER, DER ALS BRÄUTIGAM STARB

Frisch flogst du durch die Felder
Und faßtest ihre Hand,
Ringsum der Kreis der Wälder
In Morgenflammen stand.

O falsches Rot! Verblühen
Mußt' dieses Blütenmeer,
Wer dachte, daß dies Glühen
Das Abendrot schon wär'!

Nun dunkeln schon die Fernen,
Du wirst so still und bleich,
Wie ist da weit von Sternen
Der Himmelsgrund so reich!

Trompeten hört' ich laden
Fern durch die stille Luft,

Als zögen Kameraden –
Der alte Feldherr ruft.

Es sinken schon die Brücken,
Heut dir und morgen mir.
Du mußt hinüberrücken,
Kam'rad, mach' uns Quartier!

Treu' Lieb ist unverloren,
Empfängst – wie bald ist's hin! –
Einst an den Himmelstoren
Die müde Pilgerin.

NACHRUF

Du liebe, treue Laute,
Wie manche Sommernacht,
Bis daß der Morgen graute,
Hab' ich mit dir durchwacht!

Die Täler wieder nachten,
Kaum spielt noch Abendrot,
Doch die sonst mit uns wachten,
Die liegen lange tot.

Was wollen wir nun singen
Hier in der Einsamkeit,
Wenn alle von uns gingen,
Die unser Lied erfreut?

Wir wollen dennoch singen!
So still ist's auf der Welt;

Wer weiß, die Lieder dringen
Vielleicht zum Sternenzelt.

Wer weiß, die da gestorben,
Sie hören droben mich,
Und öffnen leis die Pforten
Und nehmen uns zu sich.

MARIÄ SEHNSUCHT

Es ging Maria in den Morgen hinein,
Tat die Erd' einen lichten Liebesschein,
Und über die fröhlichen, grünen Höh'n
Sah sie den bläulichen Himmel stehn.
»Ach, hätt' ich ein Brautkleid von Himmelsschein,
Zwei goldene Flüglein – wie flög' ich hinein!« –

Es ging Maria in stiller Nacht,
Die Erde schlief, der Himmel wacht',
Und durch's Herze, wie sie ging und sann und dacht',
Zogen die Sterne mit goldener Pracht.
»Ach, hätt' ich das Brautkleid von Himmelsschein,
Und goldene Sterne gewoben drein!«

Es ging Maria im Garten allein,
Da sangen so lockend bunt' Vögelein,
Und Rosen sah sie im Grünen stehn,
Viel' rote und weiße so wunderschön.
»Ach, hätt' ich ein Knäblein, so weiß und rot,
Wie wollt' ich's liebhaben bis in den Tod!«

Nun ist wohl das Brautkleid gewoben gar,
Und goldene Sterne im dunkelen Haar,

Und im Arme die Jungfrau das Knäblein hält,
Hoch über der dunkelerbrausenden Welt,
Und vom Kindlein gehet ein Glänzen aus,
Das ruft uns nur ewig: nach Haus, nach Haus!

JUGEND-ANDACHT

1.

Daß des verlornen Himmels es gedächte,
Schlagen an's Herz des Frühlings linde Wellen,
Wie ew'ger Wonnen schüchternes Vermuten.
Geheimer Glanz der lauen Sommernächte,
Du grüner Wald, verführend Lied der Quellen,
Des Morgens Pracht, stillblüh'nde Abendgluten,
Ihr fragt: wo Schmerz und Lust so lange ruhten,
Die süß das Herz verdunkeln und es hellen?
Wie tut ihr zaub'risch auf die alten Wunden,
Daß losgebunden in das Licht sie bluten!
O sel'ge Zeit entfloss'ner Himmelbläue,
Der ersten Andacht solch inbrünst'ger Liebe,
Die ewig wollte knien vor der Einen!
Demütig in der Glorie des Maien
Hob sie den Schleier oft, daß offen bliebe
Der Augen Himmel, in das Land zu scheinen.
Und stand ich still, und mußt' ich herzlich weinen;
In ihrem Blick gereinigt alle Triebe:
Da war nur Wonne, was ich mußte klagen,
Im Angesicht der Stillen, Ewigreinen
Kein Schmerz, als solcher Liebe Lieb' ertragen!

2.

Wie in einer Blume himmelblauen
Grund, wo schlummernd träumen stille Regenbogen,
Ist mein Leben ein unendlich Schauen,
Klar durch's ganze Herz ein süßes Bild gezogen.

Stille saß ich, sah die Jahre fliegen,
Bin im Innersten dein treues Kind geblieben;
Aus dem duft'gen Kelche aufgestiegen,
Ach! wann lohnst du endlich auch mein treues Lieben!

3.

Was wollen mir vertraun die blauen Weiten,
  Des Landes Glanz, die Wirrung süßer Lieder,
  Mir ist so wohl, so bang! Seid ihr es wieder,
  Der frommen Kindheit stille Blumenzeiten?

Wohl weiß ich's, – dieser Farben heimlich Spreiten
  Deckt einer Jungfrau strahlend reine Glieder;
  Es wogt der große Schleier auf und nieder,
  Sie schlummert drunten fort seit Ewigkeiten.

Mir ist in solchen linden, blauen Tagen,
  Als müßten alle Farben auferstehen,
  Aus blauer Fern' sie endlich zu mir gehen.

So wart' ich still, schau in den Frühling milde,
  Das ganze Herz weint nach dem süßen Bilde,
  Vor Freud', vor Schmerz? – ich weiß es nicht zu sagen.

4.

Viel Lenze waren lange schon vergangen,
Vorüber zogen wunderbare Lieder,
Die Sterne gingen ewig auf und nieder,
Die selbst vor großer Sehnsucht golden klangen.

Und wie so tausend Stimmen ferne sangen,
Als riefen mich von hinnen sel'ge Brüder,
Fühlt' ich die alten Schmerzen immer wieder,
Seit deine Blicke, Jungfrau, mich bezwangen.

Da war's, als ob sich still dein Auge hübe,
Langst sehnsuchtsvoll nach mir mit off'nen Armen,
Fühlst selbst den Schmerz, den du mir süß gegeben. –

Umfangen fühl' ich innigst mich erwarmen,
Berührt mit goldnen Strahlen mich das Leben,
Ach! daß ich ewig dir am Herzen bliebe!

5.

Wann Lenzesstrahlen golden niederrinnen,
Sieht man die Scharen losgebunden ziehen,
Im Waldrevier, dem neu der Schmuck geliehen,
Die lust'ge Jagd nach Lieb' und Scherz beginnen.

Den Sänger will der Frühling gar umspinnen,
Er, der Geliebteste, darf nicht entfliehen,
Fühlt rings ein Lied durch alle Farben ziehen,
Das ihn so lockend nimmer läßt von hinnen.

Gefangen so, sitzt er viel' sel'ge Jahre;
  Des Einsamen spottet des Pöbels Scherzen,
  Der aller Glorie möchte Lieb' entkleiden.

Doch er grüßt fröhlich alle, wie sie fahren,
  Und mutig sagt er zu den süßen Schmerzen:
  »Gern sterb' ich bald, wollt ihr von mir je scheiden!«

6.

Wann frisch die buntgewirkten Schleier wallen,
  Weit in das Land die Lerchen mich verführen,
  Da kann ich's tief im Herzen wieder spüren,
  Wie mich die Eine liebt und ruft vor allen.

Wenn Nachtigall'n aus grünen Hallen schallen,
  Wen möchten nicht die tiefen Töne rühren;
  Wen nicht das süße Herzeleid verführen,
  Im Liebesschlagen tot vom Baum zu fallen? –

So sag' auch ich bei jedem Frühlingsglanze:
  Du süße Laute! laß' uns beide sterben,
  Beklagt vom Widerhallen zarter Töne,

Kann unser Lied auch nie den Lohn erwerben,
  Daß hier mit eignem, frischem Blumenkranze
  Uns endlich kröne nun die Wunderschöne! –

7.

Der Schäfer spricht, wenn er frühmorgens weidet:
  »Dort drüben wohnt sie hinter Berg' und Flüssen!«
  Doch seine Wunden deckt sie gern mit Küssen,
  Wann lauschend Licht am stillen Abend scheidet.

Ob neu der Morgenschmuck die Erde kleidet,
Ob Nachtigallen Nacht und Stern' begrüßen,
Stets fern und nah bleibt *meine* Lieb' der Süßen,
Die in dem Lenz mich ewig sucht und meidet. –

Doch hör' ich wunderbare Stimmen sprechen:
»Die Perlen, die du treu geweint im Schmerze,
Sie wird sie sorglich all' zusammenbinden,

Mit eigner Kette so dich süß umwinden,
Hinaufziehn dich an Mund und blühend Herze –
Was Himmel schloß, mag nicht der Himmel brechen.«

8.

Wenn du am Felsenhange standst alleine,
Unten im Walde Vögel seltsam sangen
Und Hörner aus der Ferne irrend klangen,
Als ob die Heimat drüben nach dir weine,

War's niemals da, als rief die Eine, Deine?
Lockt dich kein Weh, kein brünstiges Verlangen
Nach andrer Zeit, die lange schon vergangen,
Auf ewig einzugehn in grüne Scheine?

Gebirge dunkelblau steigt aus der Ferne,
Und von den Gipfeln führt des Bundes Bogen
Als Brücke weit in unbekannte Lande.

Geheimnisvoll gehn oben goldne Sterne,
Unten erbraust viel Land in dunklen Wogen –
Was zögerst du am unbekannten Rande?

9.

Es wendet zürnend sich von mir die Eine,
Versenkt die Ferne mit den Wunderlichtern.
Es stockt der Tanz – ich stehe plötzlich nüchtern,
Musik läßt treulos mich so ganz alleine.

Da spricht der Abgrund dunkel: Bist nun meine;
Zieht mich hinab an bleiernen Gewichtern,
Sieht stumm mich an aus steinernen Gesichtern,
Das Herz wird selber zum kristallnen Steine.

Dann ist's, als ob es dürstend Schmerzen sauge
Aus lang vergess'ner Zeit Erinnerungen,
Und kann sich rühren nicht, von Frost bezwungen.

Versteinert schweigen muß der Wehmut Welle,
Wie willig auch, schmölz' ihn ein wärmend Auge,
Kristall zerfließen wollt' als Tränenquelle.

10.

Durch's Leben schleichen feindlich fremde Stunden,
Wo Ängsten aus der Brust hinunterlauschen,
Verworr'ne Worte mit dem Abgrund tauschen,
Drin bodenlose Nacht nur ward erfunden.

Wohl ist des Dichters Seele stumm verbunden
Mit Mächten, die am Volk' vorüberrauschen;
Sehnsucht muß wachsen an der Tiefe Rauschen
Nach hellerm Licht und nach des Himmels Kunden.

O Herr! du kennst allein den treuen Willen,
Befrei' ihn von der Kerkerluft des Bösen,
Laß nicht die eig'ne Brust mich feig zerschlagen!

Und wie ich schreibe hier, den Schmerz zu stillen,
Fühl' ich den Engel schon die Riegel lösen,
Und kann vor Glanze nicht mehr weiter klagen.

AN DEN HEILIGEN JOSEPH

Wenn trübe Schleier alles grau umweben,
Zur bleichen Ferne wird das ganze Leben,
Will Heimat oft sich tröstend zeigen;
Aus Morgenrot die gold'nen Höhen steigen,
Und aus dem stillen, wundervollen Duft
Eine wohlbekannte Stimm' hinüberruft.

Du warst ja auch einmal hier unten,
Hast ew'ger Treue Schmerz empfunden;
Längst war Maria fortgezogen,
Wie einsam rauschten rings die dunklen Wogen!
Da breitet oben sie die Arme aus:
Komm', treuer Pilger, endlich auch nach Haus!

Seitdem ist wohl viel anders worden,
Treulieb auf Erden ist ausgestorben.
Wem könnt' ich's, außer dir, wohl klagen,
Wie oft in kummervollen Tagen
Mein ganzes Herz hier hofft und bangt,
Und nach der Heimat immerfort verlangt!

KIRCHENLIED

O Maria, meine Liebe!
Denk' ich recht im Herzen dein:
Schwindet alles Schwer' und Trübe,
Und, wie heller Morgenschein,
Dringt's durch Lust und ird'schen Schmerz
Leuchtend mir durch's ganze Herz.

Auf des ew'gen Bundes Bogen,
Ernst von Glorien umblüht,
Stehst du über Land und Wogen;
Und ein himmlisch Sehnen zieht
Alles Leben himmelwärts
An das große Mutterherz.

Wo Verlass'ne einsam weinen,
Sorgenvoll in stiller Nacht,
Den vor allen läßt du scheinen
Deiner Liebe milde Pracht,
Daß ein tröstend Himmelslicht
In die dunklen Herzen bricht.

Aber wütet wildverkehrter
Sünder frevelhafte Lust:
Da durchschneiden neue Schwerter
Dir die treue Mutterbrust;
Und voll Schmerzen flehst du doch:
Herr! Vergib, o schone noch!

Deinen Jesus in den Armen,
Über'n Strom der Zeit gestellt,
Als das himmlische Erbarmen
Hütest du getreu die Welt,

Daß im Sturm, der trübe weht,
Dir kein Kind verlorengeht.

Wenn die Menschen mich verlassen
In der letzten stillen Stund',
Laß mich fest das Kreuz umfassen.
Aus dem dunklen Erdengrund
Leite liebreich mich hinaus,
Mutter, in des Vaters Haus!

DER PILOT

Glaube stehet still erhoben
Über'm nächt'gen Wellenklang,
Lieset in den Sternen droben
Fromm des Schiffleins sichern Gang.

Liebe schwellet sanft die Segel,
Dämmernd zwischen Tag und Nacht
Schweifen Paradiesesvögel,
Ob der Morgen bald erwacht?

Morgen will sich kühn entzünden,
Nun wird's mir auf einmal kund:
Hoffnung wird die Heimat finden
Und den stillen Ankergrund.

Wen hat nicht einmal Angst befallen,
Wenn Trübnis ihn gefangen hält,
Als müßt' er ewig rastlos wallen
Nach einer wunderbaren Welt?
All' Freunde sind lang fortgezogen,
Der Frühling weint in einem fort,
Eine Brücke ist der Regenbogen
Zum friedlich sichern Heimatsport.

Hinauszuschlagen in die Töne,
Lockt dich Natur mit wilder Lust,
Zieht Minne, holde Frauenschöne
Zum Abgrund süß die sel'ge Brust;
Den Tod siehst du verhüllet gehen
Durch Lieb' und Leben himmelwärts,
Ein einzig Wunder nur bleibt stehen
Einsam über dem öden Schmerz. –

Du seltner Pilger, laß dich warnen!
Aus ird'scher Lust und Zauberei,
Die freud- und leidvoll dich umgarnen,
Strecke zu Gott die Arme frei!
Nichts mehr mußt du hienieden haben,
Himmlisch betrübt, verlassen arm,
Ein treues Kind, dem Vater klagen
Die ird'sche Lust, den ird'schen Harm.

Es breitet diese einz'ge Stunde
Sich über's ganze Leben still,
Legt blühend sich um deine Wunde,
Die niemals wieder heilen will.
Treu bleibt der Himmel stets dem Treuen,

Zur Erd' das Ird'sche niedergeht,
Zum Himmel über Zaubereien
Geht ewig siegreich das Gebet.

MONDNACHT

Es war, als hätt' der Himmel
Die Erde still geküßt,
Daß sie im Blüten-Schimmer
Von ihm nun träumen müßt'.

Die Luft ging durch die Felder,
Die Ähren wogten sacht,
Es rauschten leis die Wälder,
So sternklar war die Nacht.

Und meine Seele spannte
Weit ihre Flügel aus,
Flog durch die stillen Lande,
Als flöge sie nach Haus.

DIE HEILIGE MUTTER

Es ist ein Meer, von Schiffen irr' durchflogen,
Die steuern rastlos nach den falschen Landen,
Die alle suchen und wo alle stranden
Auf schwanker Flut, die jeden noch betrogen.

Es ist im wüsten Meer ein Felsenbogen,
An dem die sturmgepeitschten Wellen branden
Und aller Zorn der Tiefe wird zuschanden,
Die nach dem Himmel zielt mit trüben Wogen.

Und auf dem Fels die mildeste der Frauen
  Zählt ihre Kinder und der Schiffe Trümmer,
  Stillbetend, daß sich rings die Stürme legen.

Das sind die treuen Augen, himmelblauen –
  Mein Schiff versenk' ich hinter mir auf immer,
  Hier bin ich, Mutter, gib mir deinen Segen!

MARIENLIED

Wenn in's Land die Wetter hängen
Und der Mensch erschrocken steht,
Wendet, wie mit Glockenklängen,
Die Gewitter dein Gebet,
Und wo aus den grauen Wogen
Weinend auftaucht das Gefild,
Segnest du's vom Regenbogen –
Mutter, ach wie bist du mild!

Wenn's einst dunkelt auf den Gipfeln
Und der kühle Abend sacht
Niederrauschet in den Wipfeln:
O Maria, heil'ge Nacht!
Laß' mich nimmer wie die andern,
Decke zu der letzten Ruh
Mütterlich den müden Wandrer
Mit dem Sternenmantel zu.

Vater und Kind gestorben
Ruhten im Grabe tief,
Die Mutter hatt' erworben
Seitdem ein ander Lieb.

Da droben auf dem Schlosse
Da schallt das Hochzeitsfest,
Da lacht's und wiehern Rosse,
Durch's Grün ziehn bunte Gäst'.

Die Braut schaut' in's Gefilde
Noch einmal vom Altan,
Es sah so ernst und milde
Sie da der Abend an.

Rings waren schon verdunkelt
Die Täler und der Rhein,
In ihrem Brautschmuck funkelt
Nur noch der Abendschein.

Sie hörte Glocken gehen
Im weiten, tiefen Tal,
Es bracht' der Lüfte Wehen
Fern über'n Wald den Schall.

Sie dacht': »O falscher Abend!
Wen das bedeuten mag?
Wen läuten sie zu Grabe
An meinem Hochzeitstag?«

Sie hört' im Garten rauschen
Die Brunnen immerdar,

Und durch der Wälder Rauschen
Ein Singen wunderbar.

Sie sprach: »Wie wirres Klingen
Kommt durch die Einsamkeit,
Das Lied wohl hört' ich singen
In alter, schöner Zeit.«

Es klang, als wollt' sie's rufen
Und grüßen tausendmal –
So stieg sie von den Stufen,
So kühle rauscht' das Tal.

So zwischen Weingehängen
Stieg sinnend sie in's Land
Hinunter zu den Klängen,
Bis sie im Walde stand.

Dort ging sie, wie in Träumen,
Im weiten, stillen Rund,
Das Lied klang in den Bäumen,
Von Quellen rauscht' der Grund. –

Derweil von Mund zu Munde
Durch's Haus, erst heimlich sacht,
Und lauter geht die Kunde:
Die Braut irrt in der Nacht!

Der Bräut'gam tät erbleichen,
Er hört im Tal das Lied,
Ein dunkelrotes Zeichen
Ihm von der Stirne glüht.

Und Tanz und Jubel enden,
Er und die Gäst' im Saal,
Windlichter in den Händen,
Sich stürzen in das Tal.

Da schweifen rote Scheine,
Schall nun und Rosseshuf,
Es hallen die Gesteine
Rings von verworrnem Ruf.

Doch einsam irrt die Fraue
Im Walde schön und bleich,
Die Nacht hat tiefes Grauen,
Das ist von Sternen so reich.

Und als sie war gelanget
Zum allerstillsten Grund,
Ein Kind am Felsenhange
Dort freundlich lächelnd stund.

Das trug in seinen Locken
Einen weißen Rosenkranz,
Sie schaut' es an erschrocken
Beim irren Mondesglanz.

»Solch' Augen hat das meine,
Ach meines bist du nicht,
Das ruht ja unter'm Steine,
Den niemand mehr zerbricht.

Ich weiß nicht, was mir grauset,
Blick' nicht so fremd auf mich!
Ich wollt', ich wär' zu Hause.« –
»Nach Hause führ' ich dich.«

Sie gehn nun miteinander,
So trübe weht der Wind,
Die Fraue sprach im Wandern:
»Ich weiß nicht, wo wir sind.

Wen tragen sie beim Scheine
Der Fackeln durch die Schluft?
O Gott, der stürzt' vom Steine
Sich tot in dieser Kluft!«

Das Kind sagt: »Den sie tragen,
Dein Bräut'gam heute war,
Er hat meinen Vater erschlagen,
'S ist diese Stund' ein Jahr.

Wir alle müssen's büßen,
Bald wird es besser sein,
Der Vater läßt dich grüßen,
Mein liebes Mütterlein.«

Ihr schauert's durch die Glieder:
»Du bist mein totes Kind!
Wie funkeln die Sterne nieder,
Jetzt weiß ich, wo wir sind.« –

Da löst' sie Kranz und Spangen,
Und über ihr Angesicht
Perlen und Tränen rannen,
Man unterschied sie nicht.

Und über die Schultern nieder
Rollten die Locken sacht,
Verdunkelnd Augen und Glieder,
Wie eine prächtige Nacht.

Um's Kind den Arm geschlagen,
Sank sie in's Gras hinein –
Dort hatten sie erschlagen
Den Vater im Gestein.

Die Hochzeitsgäste riefen
Im Walde auf und ab,
Die Gründe alle schliefen,
Nur Echo Antwort gab.

Und als sich leis erhoben
Der erste Morgenduft,
Hörten die Hirten droben
Ein Singen in stiller Luft.

NACHWORT

Wenn Eichendorff in seiner 1847 erschienenen Schrift *Über die ethische und religiöse Bedeutung der neueren romantischen Poesie in Deutschland* die Liebe als »das unverwüstliche Grundthema aller Dichtungen« bezeichnet, so trifft er damit zugleich den Kern des eigenen dichterischen Schaffens. Das Motiv der Liebe stellt sich als einer der wesentlichen thematischen Schwerpunkte des Werkes Joseph von Eichendorffs dar und nimmt vor allem in seiner romantischen Lyrik auffallend breiten Raum ein.

Die ersten Liebesgedichte entstehen bereits während der Schülerjahre in Breslau, wo Eichendorff von 1801 bis 1805 das katholische Gymnasium besuchte. Im Oktober 1804 begegnet der Dichter in Lubowitz seiner ersten großen Liebe, der »kleinen Demoiselle Pitsch«, die er im Tagebuch auch poetisch »kleine Morgenröte« nennt und der einige dieser frühen Liebesgedichte gewidmet sind. Die zwischen Herbst 1804 und Frühjahr 1805 entstandenen Gedichte, in denen der junge Eichendorff die Trennung von der Geliebten beklagt, beziehen sich ebenfalls auf diese allererste, am Ende schmerzliche Liebeserfahrung. In die gleiche Zeit etwa fällt auch Eichendorffs schwärmerische Liebe zu der für ihn unerreichbaren Breslauer Schauspielerin Amalia Schaffner, an die das leidenschaftliche Gedicht »An A. S.« gerichtet sein dürfte.

Eichendorffs frühe Liebeslyrik ist gleichermaßen geprägt vom persönlichen Erlebnis der ersten Liebe wie vom bestimmenden Einfluß seiner katholischen Erziehung. Die Liebe erscheint hier untrennbar mit der Sphäre des Religiösen verbunden und wird als Erfahrung der reinen und beseligenden Liebe zweier Menschen zum wesensgleichen Abbild der absoluten, himmlisch-göttlichen Liebe. In vielen dieser handschriftlich erhaltenen Schülergedichte Eichendorffs findet man daher eine schwärmerisch-mystische, religiöse Idealisierung und Verklärung der Liebe bzw. der Geliebten: dem Liebenden »steht der Himmel offen«, das Liebesglück ist »reine Himmelslust« und das geliebte Mädchen selbst »die heil'ge Gottheit« (vgl. »Liebe. Ode« u. a.).

Nach dem Ende der Breslauer Gymnasialzeit im Frühjahr 1805 beginnt der siebzehnjährige Eichendorff ein rechts- und geisteswissenschaftliches Studium in Halle, das er im Mai 1807 in Heidelberg fortsetzt. Hier schließt er Freundschaft mit dem jungen Dichter Otto Heinrich Graf von Loeben (1786-1825) und kommt dabei erstmals mit den Ideen der Frühromantik in Berührung.

Die Universitätsjahre markieren einen neuen Abschnitt in der dichterischen Entwicklung. Eichendorffs Jugendgedichte der Heidelberger Zeit werden weitgehend bestimmt von mystischen, naturpantheistischen Vorstellungen und lassen deutlich den Einfluß Loebens erkennen, der seinerseits der magisch-idealistischen Dichtung des visionären frühromantischen Dichters Novalis (1772-1801) nachzueifern versuchte. Im Gegensatz zu den noch überwiegend der literarischen Tradition der Anakreontik, Aufklärung und Empfindsamkeit verpflichteten Breslauer Schülergedichten, die vom bewegenden Erlebnis der ersten Liebeserfahrung ausgehen, fehlt in diesen pantheistischen Liebesgedichten meist der konkrete Wirklichkeitsbezug. Der universalen Liebesauffassung der Frühromantik entsprechend wird die Liebe als eine die ganze Welt durchdringende kosmisch-transzendente Urkraft verstanden, die sich als »höchste Naturpoesie« und »Endzweck der Weltgeschichte« (Novalis) auch in der Dichtung nicht mehr allein auf eine reale Mädchen- bzw. Frauengestalt beziehen kann.

Da sich in Eichendorffs frühromantischer Liebeslyrik die Grenzen zwischen irdischer Liebe, himmlischer Liebe sowie einer von der magisch-erotischen Macht der Liebe beseelten Natur verwischen, ist es hier oft kaum mehr möglich, zwischen einer realen, menschlichen Geliebten, einem mythisch-mystischen Naturwesen oder der christlichen Muttergottes Maria zu unterscheiden, die ebenfalls in den mystisch-pantheistischen Naturbereich mit einbezogen wird und als Verkörperung der ewigen Sehnsucht, Liebe und Poesie erscheint (vgl. z. B. »Der Schiffer«, »Romanze«, »In Budde's Stammbuch«, »Angedenken«, »Frühlingsandacht«, »Jugend-Andacht«).

Mit der allmählichen Lösung vom Vorbild Loebens verliert der naturpantheistisch-mystische Einfluß jedoch bereits in den Heidelberger Jugendgedichten zunehmend an Bedeutung. Inspiriert von Achim von Arnims und Clemens Brentanos 1805 und 1808 in Heidelberg veröffentlichter Volksliedsammlung *Des Knaben Wunderhorn* findet Eichendorff nun zu einer schlichteren, volksliedhaft-klaren Aussage, die für seine ganze weitere Lyrik charakteristisch wird und sich in den Liebesgedichten jetzt wieder einer irdisch-menschlichen Frauengestalt zuwendet.

In einigen der Gedichte aus Eichendorffs Studienzeit sind mitunter auch konkrete biographische Bezüge erkennbar. Der im Frühjahr 1808 verfaßte Vierzeiler »Zu der Blume an Kätchen« beispielsweise ist an seine Freundin Katharina Barbara Förster gerichtet, eine Heidelberger Küferstochter, die der junge Dichter dort während seines Studiums kennengelernt hatte. Auch das bekannte volksliedhafte Gedicht »Das zerbrochene Ringlein« wird bisweilen mit dem Ende dieser Liebesbeziehung in Verbindung gebracht.

Die aus der Zeit zwischen den Studienaufenthalten in Halle und Heidelberg (September 1806 bis Mai 1807) stammende Elegie »Beim Erwachen« hingegen zeugt von Eichendorffs schwärmerischer Liebe zu der in der Nachbarschaft der Familie lebenden Madame Sophie Amalie Hahmann, die selbst noch im Jahr 1810, als der Dichter bereits mit seiner späteren Frau Luise verlobt war, fortbestand und bei den Besuchen im heimatlichen Lubowitz immer wieder aufloderte.

Gegen den Willen seiner Eltern, die sich für ihren Sohn eine begütertere Braut gewünscht und auf eine Verbindung mit der entfernt verwandten Gräfin Julia Hoverden gehofft hatten, heiratet Eichendorff am 7. April 1815 in Breslau die zweiundzwanzigjährige Luise von Larisch (1792-1855), Tochter eines verarmten Gutsbesitzers aus Pozgrebin bei Ratibor. Die Ehe mit Luise wurde sehr glücklich und endete erst nach mehr als vierzig Jahren mit dem Tod seiner Frau im Dezember 1855. In einem Brief an seinen Bruder Wilhelm aus dem Jahr 1816 preist Eichendorff, der es sich offenbar zum Ziel gesetzt hatte, seine junge Gattin im Sinne des christlich-romantischen Frauenideals zu bilden, die »unendlich-milde stille lebenskräftige Güte« Luises, die ihr überall »aufrichtige Bewunderung und Liebe« eingetragen habe. Auch im Gedicht »An Luise. 1816« verkörpert Luise dieses Ideal der christlichen Ehefrau, indem sie, »das Kindlein auf dem Arme«, mit ihrer liebevoll-seligen Sanftmut, Milde und Ergebenheit zum irdischen Abbild der himmlischen Muttergottes Maria wird.

Vergleichbare Gedichte mit biographischem Hintergrund bilden in der Liebeslyrik Eichendorffs insgesamt jedoch eher die Ausnahme. Wie im Volkslied, dessen inhaltlicher und formaler Klarheit er sich seit 1809 immer mehr annähert, so stehen auch in Eichendorffs Gedichten die ebenso schlichten wie existentiellen Ereignisse, Gefühle und Seelenzustände, die elementaren Verhältnisse und Grunderfahrungen des menschlichen Daseins, im Mittelpunkt. Infolge der damit verbundenen, für seine Lyrik charakteristischen Verwendung der immer wieder gleichen Bilder und Motive gewinnt die Gestalt der Frau in Eichendorffs Liebesgedichten im allgemeinen keine fest umrissenen Konturen. Die Frau bzw. Geliebte ist in der reifen Liebeslyrik Eichendorffs nicht im Sinne einer authentischen, realen Person, sondern vielmehr als fiktive poetische Figur zu verstehen, die in formelhafter Anrede als »Mädchen«, »Liebchen«, »Kind«, »Schatz« oder unbestimmte »Sie« erscheint.

Interessant ist in diesem Zusammenhang auch die perspektivische Sprechhaltung des lyrischen Ichs. Viele Liebesgedichte Eichendorffs sind bereits vom Titel her Rollengedichte, in denen das lyrische Ich jeweils die männliche oder die weibliche Perspektive einnehmen kann (vgl. z. B. »Der Bräutigam«, »Der junge Ehemann«, »Der verzweifelte Liebhaber« oder »Die Braut«, »Die weinende Braut«, »Die Einsame«).

Eichendorffs romantische Liebeslyrik bewegt sich im wesentlichen in der Polarität von »glücklicher und unglücklicher«, »irdischer und himmlischer« Liebe.

In einer ganzen Reihe von Gedichten besingt Eichendorff das Glück einer erfüllten Liebesbeziehung zwischen zwei Menschen. Die Bandbreite des dabei artikulierten Liebesgefühls reicht von der ahnungsvollen Erwartung der Geliebten bis zur herzlich-innigen Wiedersehensfreude, von der glühenden Sehnsucht nach der fernen Liebsten bis hin zur emphatisch-euphorischen Jubelbekundung: »So unermeßlich ist rechte Lieb'!« – Auch hier zeigt meist bereits der Titel die emotionale und freudige Stimmung dieser Gedichte an, in denen das verwirrend-betörende Glücksgefühl einer neuen Liebe zum Ausdruck gebracht oder der beseligende Zustand glücklicher Zweisamkeit, Liebesgewißheit und Treue gepriesen wird (vgl. »Glück«, »Der Glückliche«, »Neue Liebe«, »Das Flügelroß« u. a.).

Mitunter stellt sich das Verhältnis der beiden Partner zueinander auch nur als einmalige, vorübergehende Begegnung oder Beziehung ohne tiefere gegenseitige Bindung dar, wie beispielsweise im Gedicht »Der Soldat«, in dem dieser das allnächtliche Rendezvous mit seiner Geliebten lediglich als »flüchtige Beute« betrachtet und lieber »im Freien« anstatt für immer bei ihr auf dem Schloß bleiben will, oder etwa im Gedicht »Die Studenten«, in dem der muntere Student nach der gemeinsam verbrachten Liebesnacht am nächsten Morgen unbekümmert Abschied nimmt und weiterzieht.

Das Wissen um die Unbeständigkeit und Vorläufigkeit aller irdischen Liebe zeigt sich besonders in jenen zahlreichen elegisch-melancholischen Liebesgedichten Eichendorffs, in denen das Leid ihrer Vergänglichkeit gegenwärtig wird. Vor allem in der reifen und späten Lyrik finden sich viele schwermütig gestimmte Gedichte, die den Tod der Liebsten beklagen und die daraus resultierende Situation der Einsamkeit, Trauer und Verzweiflung des Zurückgebliebenen als ebenso schmerzliche wie schicksalhafte menschliche Grenzerfahrung vor Augen führen. Fast traumatische Züge nimmt die Trauer des lyrischen Ichs hierbei an, wenn bereits ein in der Ferne klingendes Lied, das von einem Studenten vor der Tür seines Mädchens gesungene Ständchen oder die Begegnung mit einer der Verstorbenen ähnlich sehenden Frau die Erinnerung an die tote Geliebte wieder lebendig werden und den Schmerz über ihren Verlust von neuem aufbrechen lassen können (vgl. hierzu »Vesper«, »Angedenken«, »Das Ständchen«, »Verlorene Liebe«).

Häufig stellt sich die Vergänglichkeit der menschlichen Liebe in Eichendorffs elegischen Liebesgedichten auch als Leid der »verlorenen« bzw. zerbrochenen Liebe dar. Die Thematik der einseitig gebrochenen Treue und des dadurch verursachten Trennungsschmerzes, der den von seiner Liebsten Verlassenen im Gedicht »Das zerbrochene Ringlein« in tiefe Verzweiflung treibt, zieht sich seit den Schüler-

und Jugendgedichten durch das gesamte lyrische Werk des Dichters (vgl. auch »Die weinende Braut«, »Der arme Blondel«, »Klage« u. a.). Eine Variante dieses Motivs bildet die Darstellung der traurigen bzw. unglücklichen Wiederbegegnung mit dem ehemaligen »Liebchen«, bei der die inzwischen längst mit einem anderen verheiratete Frau ihren früheren Geliebten nach langer Zeit überhaupt nicht mehr oder erst im nachhinein erkennt (vgl. »Begegnung«, »Der letzte Gruß«, »Jahrmarkt«). Das Gedicht »Bei einer Linde« wiederum ruft die wehmütige Erinnerung an die glückliche Zeit der ersten Liebe wach, die wie die jungen Äste des Lindenbaums und der einst darin eingekerbte Name des geliebten Mädchens »verwachsen und verschwunden« ist, und in ähnlicher Weise vermag es das lyrische Ich im Gedicht »Vorbei« nicht mehr, Baum, Wald und Tal, die ganze Schönheit der »jung gebliebenen« Welt, mit den offenen und unschuldig-frohen Augen des ersten, glücklichen Verliebtseins zu sehen: »Vorbei ist das schöne Lieben.«

In einigen dieser melancholischen Liebesgedichte Eichendorffs erweist sich das menschliche Leid der Liebe auch als schmerzliche Erfahrung der unerfüllten, unglücklichen Liebe. Das Liebeswerben des Mannes wird hier von der Frau zurückgewiesen, seine Liebe bleibt unerwidert oder die Geliebte für ihn unerreichbar, wie im Beispiel des »Gärtners«, der seiner Angebeteten keinen Liebeskranz reichen darf, weil sie »zu hoch und schön« ist, des verschmähten »Nachtvogels«, der von seiner schweigsamen und hartherzigen Dame »nur eine Stunde« nächtlicher Zweisamkeit erbittet, des enttäuscht und verbittert fortziehenden »Hochzeitssängers«, der sich insgeheim selbst Hoffnungen auf die reiche Braut gemacht hatte, oder des »Jägers«, der das freiheitsliebende Reh bzw. »Hirschlein« (das bei Eichendorff in der Tradition des Volkslieds häufig die Frau oder Geliebte symbolisiert) nicht »in Stall und Haus locken« kann.

Auch bei Eichendorff findet man jene für die Epoche der Romantik kennzeichnende Hinwendung zum Phantastischen, Irrationalen und Abgründigen, die sich in seiner Liebeslyrik als dämonisch-magische Zaubermacht der Liebe darstellt.

Vor allem in den Balladen und Romanzen Eichendorffs manifestiert sich diese Dämonie der Liebe bzw. des Eros in einer geheimnisvoll-mythischen weiblichen Gestalt, die für das männliche lyrische Ich eine ebenso große erotische Anziehungskraft wie zerstörerische Macht besitzt und demjenigen, der ihrem magischen Liebeszauber nicht widerstehen kann und sich von ihr verführen läßt, unweigerlich den Untergang bringt. Für den verspäteten nächtlichen Reiter in der Romanze »Waldgespräch« beispielsweise entpuppt sich die »schöne Braut« am Ende als die dämonische »Hexe Loreley«, vor deren unheilvollem Fluch es kein Entrinnen mehr gibt: »Kommst nimmermehr aus diesem Wald!« (Vgl. auch »Das Bildnis. Romanze«, »Die Zauberin im Walde«, »Der Gefangene«, »Der Kühne«.) Waldfrauen, Venus, Nixen und Sirenen sind neben der von Brentano übernommenen Figur der Loreley weitere solcher symbolischen Frauengestalten, die in den Gedichten Eichendorffs die bedrohliche, abgründige Seite des Eros bzw. die Verführungsmacht der irdisch-sinnlichen Schönheit verkörpern und meist einem archetypischen Naturbereich angehören.

Besonderen Ausdruck findet diese Dämonisierung des Eros in einer Reihe von Gedichten, in denen die mystische Nähe von Liebe und Tod erkennbar wird. In Eichendorffs Schauer- bzw. Gespensterballaden sind es sowohl weibliche als auch männliche Gestalten, die als gespenstische Verkörperungen dämonisch-dunkler Mächte jeweils den anderen ins Verderben stürzen. So tötet zum Beispiel in den Balladen »Der Reitersmann« und »Die Hochzeitsnacht« der als rächendes Phantom erscheinende verstorbene Bräutigam seine ehemalige Braut, weil sie die ihm einst geschworene Treue gebrochen hat. Die Treue bzw. Liebe wird hier gleichsam zur über das Grab hinausreichenden verhängnisvollen Schicksalsmacht, die noch im Tod ihre Gültigkeit beansprucht. Schauerromanzen wie »Das kalte Liebchen« oder »Die späte Hochzeit« liegen zum Teil volkstümliche Vorstellungen und Motive des Vampir- und Gespensterglaubens zugrunde, die zu Eichendorffs Zeit vielerorts noch lebendig und dem Dichter, der sich in seiner Jugend unter anderem auch mit dem Sammeln oberschlesischer Volkssagen beschäftigt hatte, nicht unbekannt waren.

Die in zahlreichen Gedichten Eichendorffs feststellbare Dämonisierung der erotisch-sinnlichen Liebe ist für das Verständnis seines Werkes von zentraler Bedeutung und muß vor allem im Zusammenhang mit dessen theoretischen und weltanschaulichen Grundlagen gesehen werden. Das auf das Ewige und Göttliche gerichtete Einheitsstreben der Romantik, das sich für ihn in seiner *Geschichte der poetischen Literatur Deutschlands* (bzw. der Romantik-Abhandlung von 1847) rückblickend als das »Streben nach einer höheren Vermittelung des Realen und Idealen« darstellt, bringt auch Eichendorff in jenen grundsätzlichen Konflikt zwischen sinnlicher und geistiger, irdischer und himmlischer Liebe. Die Erkenntnis, daß diese beiden Formen der Liebe letztlich unvereinbar bleiben und zwei verschiedenen Wirklichkeitsbereichen angehören, kann in seiner Liebeslyrik sowohl zu einer religiösen Ästhetisierung und Idealisierung als auch zur negativen Bewertung oder Dämonisierung der Liebe und des Eros führen.

Im Gegensatz zur christlichen Kultur verkörpert für Eichendorff insbesondere die heidnische Welt der Antike das Zeitalter der unumschränkten Herrschaft der elementaren Naturmächte des Dämonischen, das nach seiner Definition als »verlockende Naturmusik« und »Veitstanz des freiheitstrunkenen Subjekts« (*Geschichte der poetischen Literatur Deutschlands*) mit einem dem Menschen innewohnenden ungezügelten und maßlosen Freiheitsdrang gleichzusetzen ist, der denjenigen, der sich diesen dämonischen Mächten des eigenen Ichs bedingungslos ergibt und wie »der irre Spielmann« mit »tollem, frevelndem Mut« durchs Leben jagt, zuletzt ins Hoffnungslose und Leere führt. Auch die einseitige Reduzierung der Liebe auf ihren rein körperlichen, sinnlich-erotischen Aspekt birgt für ihn die Gefahr einer der christlichen Heilsbotschaft diametral entgegengesetzten selbstsüchtigen wie selbstzerstörerischen Vergötterung des Menschen bzw. Irdischen, die den Verlust jeglicher Transzendenz und Rückbindung an Gott zur Folge hat. Dennoch ist es kein Widerspruch, wenn Eichendorff einerseits vor der abgründigen Verführungsmacht des Elementar-Erotischen warnt und die geschlechtliche Liebe als »die eigensüchtigste der menschlichen Leidenschaften« bezeichnet (*Zur Geschichte des Dramas*), er sich auf der anderen Seite aber ebenso entschieden gegen die seiner Ansicht nach heuchlerische und »unheilbrütende« Prüderie des zeitgenössischen Pietismus wendet, der »aus Furcht vor der Sünde die Lust neutralisieren« wolle (vgl. *Geschichte der poetischen Literatur Deutschlands*). Da »eine kräftige Sinnenwelt« zugleich »das unabweisbare Material aller Kunst« bedeutet, ist gerade der schöpferische Mensch in besonderem Maße den Verlockungen und Gefahren des Irdisch-Sinnlichen ausgesetzt und den dämonisch-verführerischen Mächten und Abgründen des Daseins verbunden.

Die Lösung jenes steten Konflikts zwischen christlicher und heidnischer, archaischer Daseinsform bietet sich für Eichendorff einzig in der entschiedenen, hoffnungsvoll-gläubigen Hinwendung und Treue zu Gott und seiner himmlisch-göttlichen Liebe, die allein den Menschen aus »ird'scher Lust und Zauberei« (»Das Gebet«), den Verstrikkungen und Versuchungen der Welt, zu erretten vermag. Die menschliche Existenz vollzieht sich nach Eichendorff seit dem biblischen Sündenfall im Spannungsfeld zweier antagonistischer »geheimnisvoller Kräfte«, von denen die eine »verneinend nach den irdischen Abgründen zur Absonderung, zur Zerstörung und zum Hasse hinabführt«, während die andere hingegen, die im christlichen Sinne zu verstehende Liebe, »erhaltend nach Vereinigung mit dem göttlichen Zentrum alles Seins« strebt. Letztes Ziel der Weltgeschichte ist für den Dichter »der endliche Sieg jener göttlichen Grundkraft« und die Versöhnung des der Natur des Menschen seitdem innewohnenden »furchtbaren Zwiespalts«, die er als »die große Aufgabe des Christentums« betrachtet (vgl. *Die heilige Hedwig* und *Geschichte der poetischen Literatur Deutschlands*).

Die bewahrende und erlösende Macht des Christlichen manifestiert sich in den Gedichten Eichendorffs vor allem in der Person Marias, die als »heilige Mutter« den göttlichen Gegenpol zu den die rein sinnliche Liebe verkörpernden venushaften, dämonischen Frauengestalten bildet. Nach der Abkehr vom frühromantischen, schwärmerisch-mystischen Marienkult der Heidelberger Zeit wird sie in der Marienlyrik des reifen Eichendorff zum »himmlischen Symbol weiblicher Milde und Reinheit« (*Geschichte der poetischen Literatur Deutschlands*) und Inbegriff der höchsten, idealsten Form christlicher Liebe. In der Tradition der katholischen Marienverehrung kann Maria hier als Hüterin der Welt und erbarmungsvolle Mittlerin zwischen Himmel und Erde drohendes Unheil abwenden, durch ihre Fürsprache bei Gott die Vergebung menschlicher Sünden erwirken und den Gläubigen in seiner Todesstunde mit ihrer mütterlich-bergenden Liebe »aus dem dunklen Erdengrund« in die letzte, ewige Heimat hinübergeleiten (vgl. »Marienlied«, »Kirchenlied«, »Die heilige Mutter« u. a.).

Das »unabweisbare Gefühl von der Ungenüge des irdischen Daseins«, wie er es in der Einleitung zu seiner 1857 erschienenen Literaturgeschichte formuliert, erweckt für den christlichen Romantiker Eichendorff »das tiefe Bedürfnis, dasselbe an ein höheres über diesem Leben, das Diesseits an ein Jenseits anzuknüpfen«. Auch die Liebe findet damit bei Eichendorff als transzendentes, über den Tod des Menschen hinaus fortwirkendes Prinzip ihre eigentliche und wahre Erfüllung erst in der himmlisch-göttlichen Ewigkeit. Aus vielen seiner Gedichte spricht der aufrichtige Glaube an ein personales Weiterleben nach dem Tod und die Hoffnung bzw. Gewißheit der einstigen Wiederbegegnung mit den verstorbenen geliebten Menschen in einer jenseitigen Welt. Die wirkliche Liebe zweier Seelen ist für den gläubigen Christen unvergänglich, da ihre verbindende, ewige Macht aufgrund ihres göttlichen Ursprungs weit über die Grenzen der irdischen Existenz hinausreicht und die geliebten Verstorbenen den trauernd Zurückgebliebenen nach seinem Tod »einst an den Himmelstoren« wieder empfangen und liebevoll »zu sich nehmen« werden (vgl. »An einen Offizier, der als Bräutigam starb«, »Nachruf«).

Diese letzte Zuversicht offenbart sich auch in einem kurz nach dem schmerzlichen Tod seiner Frau Luise im Dezember 1855 verfaßten Brief Eichendorffs, in dem der Dichter als Antwort auf ein zuvor erhaltenes Kondolenzschreiben dem oberflächlich-falschen »Welttrost der alles verblassenden und verwischenden Zeit« den wahren Trost der »rechten Liebe« bzw. des christlichen Unsterblichkeitsglaubens entgegenstellt: »Hier hilft und rettet nur die gläubige Hoffnung des Wiedersehens, und das Gebet, durch das wir bis dahin mit den vorausgegangenen Geliebten unsichtbar verbunden bleiben. So will ich denn in meiner den ganzen Lebensabend tiefverschattenden Einsamkeit hoffen und beten, demütig ergeben in den Willen Gottes, dessen unergründliche Weisheit und Liebe ja alles zum besten leitet.« –

Wilfrid Lutz

Der vorliegende Band enthält eine Auswahl von mehr als 170 Gedichten und Gedichtzyklen aus dem lyrischen Werk Eichendorffs, in denen das komplexe Thema »Liebe« als Leitmotiv erscheint. Textgrundlage für diese Sammlung bildet die Historisch-kritische Ausgabe der Gedichte Eichendorffs (Bd. I/1 und I/3), die erst seit 1997 vollständig abgeschlossen ist.

Die Anthologie ist in vier thematische Kapitel unterteilt, mit denen bereits die für Eichendorffs romantische Liebeslyrik charakteristischen Inhalte und Strukturen deutlich werden: »Glück der Liebe«, »Zauber und Dämonie der Liebe«, »Leid der Liebe« und »Transzendenz der Liebe«. Sie umfaßt (jeweils in der folgenden Anordnung innerhalb der einzelnen Kapitel) Eichendorffs Nachlaßgedichte (Nachgelassene Handschriften u.a.), die verstreuten Zeitschriftendrucke seiner Gedichte (die nicht in die Gedichtsammlung von 1841 eingegangen sind), die in Eichendorffs Gedichtsammlung von 1841 publizierten Gedichte, die im erzählerischen und dramatischen Werk des Dichters enthaltenen Gedichteinlagen sowie zwei Gedichte aus der Reinschriftenzusammenstellung von 1854 (die Eichendorff bei einer Neuauflage in seine Gedichtsammlung aufnehmen wollte).

Die Gedichte »Vom Strande«, »Die Musikantin«, »Turteltaube und Nachtigall«, »Der Hochzeitstanz«, »Blanka«, »Die Jungfrau und der Ritter« und »Das Waldfräulein« sind Übertragungen aus dem Spanischen (1838-1840), deren Vorlagen Eichendorff Jacob Grimms Sammlung *Silva de romances viejos* (1815) und V. A. Hubers *Spanischem Lesebuch* (1832) entnommen hat. Bei den Gedichten »Sommerschwüle«, »Der wandernde Musikant« und »An Fräulein ...« handelt es sich jeweils um Ausschnitte aus mehrteiligen Gedichtzyklen (d.i. »Sommerschwüle 2.«, »Der wandernde Musikant 1.« und »Die Freunde IV.«).

1788	Geburt Eichendorffs am 10. März auf Schloß Lubowitz bei Ratibor
1801-05	Gymnasialjahre im katholischen St. Josephs-Konvikt Breslau. Erste Schülergedichte
1805-06	Studium der Rechts- und Geisteswissenschaften in Halle
1807-08	Fortsetzung des Studiums in Heidelberg. Vorlesungen bei Görres. Freundschaft mit Graf v. Loeben. Erste Veröffentlichung von Gedichten
1809	Verlobung mit Luise von Larisch (1792-1855). Aufenthalt in Berlin (Nov. 1809-März 1810). Bekanntschaft mit Arnim u. Brentano
1810-12	Studienabschluß (juristische Staatsprüfung) in Wien. Verkehr im Hause F. Schlegels
1813	Teilnahme an den Befreiungskriegen als Freiwilliger (Leutnant)
1815	Anstellung als Expedient beim Oberkriegskommissariat Berlin. Vermählung mit Luise von Larisch. Erneut bei der Befreiungsarmee. Geburt des Sohnes Hermann. »Ahnung und Gegenwart« erscheint
1816	Rückkehr nach Schlesien. Referendar bei der Regierung in Breslau
1817	Geburt der Tochter Marie Therese
1818	Tod des Vaters. »Das Marmorbild« erscheint
1819	Geburt des Sohnes Rudolf. Regierungsassessor in Breslau
1821	Geburt der Tochter Agnes Clara. Anstellung als Regierungsrat (Katholischer Kirchen- und Schulrat) bei der Regierung in Danzig
1822	Tod der Tochter Agnes Clara. Tod der Mutter
1823	Verkauf des Gutes Lubowitz
1824	Versetzung als Oberpräsidialrat nach Königsberg
1826	»Aus dem Leben eines Taugenichts« erscheint
1830	Geburt der Tochter Anna Hedwig
1831	(Kommissarische) Tätigkeit als Ministerialbeamter in Berlin

1832 Tod der Tochter Anna Hedwig

1834 »Dichter und ihre Gesellen« erscheint

1837 Erste Gesamtausgabe der Gedichte Eichendorffs erscheint

1841 Ernennung zum Geheimen Regierungsrat. Erste Gesamtausgabe der »Werke« in vier Bänden erscheint (1841/42)

1843 Beurlaubung nach Danzig zur Abfassung einer historischen Schrift über die Wiederherstellung der Marienburg

1844 Pensionierung. Wohnsitz in Danzig (bis 1846)

1846-47 Längerer Aufenthalt in Wien. Begegnung mit Clara u. Robert Schumann. Bekanntschaft mit Grillparzer u. Stifter. »Über die ethische und religiöse Bedeutung der neueren romantischen Poesie in Deutschland« erscheint (1847)

1848 Flucht vor der Revolution nach Dresden

1849 Tod des Bruders Wilhelm. Rückkehr nach Berlin

1853 Ernennung zum Mitglied des »Maximilians-Ordens für Wissenschaft und Kunst« durch König Maximilian II. von Bayern

1854 »Zur Geschichte des Dramas« erscheint

1855 Übersiedelung nach Neiße. Tod Luise von Eichendorffs

1857 Tod Joseph von Eichendorffs am 26. November in Neiße. »Geschichte der poetischen Literatur Deutschlands« erscheint

ALPHABETISCHES VERZEICHNIS DER GEDICHTÜBERSCHRIFTEN UND -ANFÄNGE

Lyrik
im insel taschenbuch

Charles Baudelaire: Die Blumen des Bösen. Übertragen von Carlo Schmid. it 120

Bertolt Brecht: Hauspostille. Mit Anleitungen, Gesangsnoten und einem Anhang. Radierungen von Christoph Meckel. it 617

Wilhelm Busch: Kritisch-Allzukritisches. Gedichte. Ausgewählt und mit einem Nachwort von Theo Schlee. Mit Illustrationen von Wilhelm Busch. it 52

Hans Carossa: Gedichte. Der alte Taschenspieler. it 1461

Catull: Sämtliche Gedichte. Lateinisch und deutsch. Aus dem Lateinischen von Carl Fischer. Mit einem Nachwort von Bernhard Kytzler. it 1736

Friedrich Cramer: Spiel der Synapsen. Gedichte und Prosa. it 1657

Annette von Droste-Hülshoff: Geistliches Jahr. Gedichte. it 1885

– Sämtliche Gedichte. Mit einem Nachwort von Ricarda Huch. it 1092

Joseph von Eichendorff: Gedichte. Mit Zeichnungen von Otto Ubbelohde. Herausgegeben von Traude Dienel. it 255

– Gedichte. In chronologischer Folge herausgegeben von Hartwig Schultz. it 1060

Theodor Fontane: Herr von Ribbeck auf Ribbeck. Gedichte und Balladen. Herausgegeben von Gottfried Honnefelder. it 1446

Gedichte berühmter Frauen. Von Hildegard von Bingen bis Ingeborg Bachmann. Herausgegeben von Elisabeth Borchers. it 1790

Johann Wolfgang Goethe: Erotische Gedichte. Gedichte, Skizzen und Fragmente. Herausgegeben von Andreas Ammer. it 1225

– Gedichte. Sämtliche Gedichte in zeitlicher Folge. Herausgegeben von Heinz Nicolai. it 1400

Goethes Liebesgedichte. Herausgegeben von Hans Gerhard Gräf mit einem Nachwort von Emil Staiger. it 275

– Römische Elegien und Venezianische Epigramme. Herausgegeben von Regine Otto. it 1150

– Verweile doch. 111 Gedichte mit Interpretationen. Herausgegeben von Marcel Reich-Ranicki. it 1775

– West-östlicher Divan. Mit Essays zum ›Divan‹ von Hugo von Hofmannsthal, Oskar Loerke und Karl Krolow. Herausgegeben und mit Erläuterungen versehen von Hans-J. Weitz. it 75

Johann Wolfgang Goethe / Friedrich von Schiller: Sämtliche Balladen und Romanzen in zeitlicher Folge. Herausgegeben von Karl Eibl. it 1275

Karoline von Günderode: Gedichte. Herausgegeben von Franz Josef Görtz. it 809

175/1/12.96

Lyrik
im insel taschenbuch

Johann Christian Günther: Die Gedichte. Herausgegeben von Franz-Heinrich Hackel. it 1702

Heidelberg im Gedicht. Die zwölf schönsten Heidelberg-Gedichte mit Interpretationen. Im Auftrag der Literarischen Gesellschaft Palais Boisserée herausgegeben von Helmuth Kiesel. it 1939

Heinrich Heine: Buch der Lieder. Mit zeitgenössischen Illustrationen und einem Nachwort von E. Galley. it 33

– Deutschland. Ein Wintermärchen. Mit einem Nachwort von Joseph Peter Strelka. Anhang mit Bibliographie und einer Zeittafel. it 723

– Gedichte aus Liebe. In einer Auswahl von Thomas Brasch. it 1444

– Neue Gedichte. it 1055

– Romanzero. Mit einem Nachwort von Joseph A. Kruse und zeitgenössischen Illustrationen. it 538

Hermann Hesse: Gedichte des Malers. Zehn Gedichte mit farbigen Zeichnungen. it 893

– Im Garten. Betrachtungen und Gedichte. Zusammengestellt und mit einem Nachwort von Volker Michels. Mit zahlreichen Abbildungen. it 1329 und it 1816

Mit Hermann Hesse reisen. Betrachtungen und Gedichte. Herausgegeben von Volker Michels. it 1242

– Tessin. Betrachtungen, Gedichte und Aquarelle des Autors. Herausgegeben von Volker Michels. it 1494

Friedrich Hölderlin: Gedichte. Herausgegeben und mit Erläuterungen versehen von Jochen Schmidt. it 781

– Die schönsten Gedichte. Ausgewählt und mit einem Nachwort versehen von Jochen Schmidt. it 1508

Christian Morgenstern: Alle Galgenlieder. it 6

Wilhelm Müller: Die Winterreise und andere Gedichte. Herausgegeben von Hans-Rüdiger Schwab. Mit einem Vorwort von Christian Elsner. it 901

Friedrich Nietzsche: Gedichte. Herausgegeben von Karl Riha. it 1622

Novalis: Gedichte. Die Lehrlinge zu Sais – Dialogen und Monolog. Mit einem Nachwort von Jochen Hörisch. it 1010

August von Platen: Wer wußte je das Leben? Ausgewählte Gedichte. Herausgegeben und mit einem Nachwort von Rüdiger Görner. it 1713

Rainer Maria Rilke: Ausgesetzt auf den Bergen des Herzens. Gedichte aus den Jahren 1906 bis 1926. it 98

175/2/12.96

Lyrik
im insel taschenbuch

Rainer Maria Rilke: Das Buch der Bilder. Des ersten Buches erster Teil. Des ersten Buches zweiter Teil. Des zweiten Buches erster Teil. Des zweiten Buches zweiter Teil. it 26
- Duineser Elegien. Die Sonette an Orpheus. it 80
- Erste Gedichte. Larenopfer. Traumgekrönt. Advent. it 1090
- Frühe Gedichte. it 878
- Gedichte. Aus den Jahren 1902 bis 1917. Taschenbuchausgabe der 1931 als Privatdruck erschienenen Edition der Handschrift Rainer Maria Rilkes. Illustriert von Max Slevogt. it 701
- Gedichte aus den späten Jahren. Herausgegeben von Franz-Heinrich Hackel. it 1178
- In einem fremden Park. Gartengedichte. Zusammengetragen von Marianne Beuchert. Mit zwölf farbigen Bildern von Marion Nickig. it 1820
- Die Letzten. Im Gespräch. Der Liebende. it 935
- Die Liebenden. Die Liebe der Magdalena. Portugiesische Briefe. Die 24 Sonette der Louïze Labé. it 355
- Neue Gedichte. Der Neuen Gedichte anderer Teil. it 49
- Das Stunden-Buch, enthaltend die drei Bücher: Vom mönchischen Leben. Von der Pilgerschaft. Von der Armut und vom Tode. it 2
- Vom Alleinsein. Geschichten, Gedanken, Gedichte. Herausgegeben von Franz-Heinrich Hackel. it 1216

Friedrich Rückert: Kindertodtenlieder. Mit einer Einleitung neu herausgegeben von Hans Wollschläger. it 1545

Sappho: Strophen und Verse. Übersetzt und herausgegeben von Joachim Schickel. it 309

Die schönsten Liebesgedichte. Herausgegeben von Sigrid Damm. it 1872

Sternbild des Herkules. Antike Bilder in moderner Lyrik. Herausgegeben, erläutert und mit einem Nachwort von Bernd Seidensticker. it 1789

Theodor Storm: Gedichte. it 731

Georg Trakl: Die Dichtungen. it 1156

Über die Liebe. Gedichte und Interpretationen aus der ›Frankfurter Anthologie‹. Herausgegeben von Marcel Reich-Ranicki. it 794

François Villon: Sämtliche Dichtungen. Zweisprachige Ausgabe. Aus dem Französischen von Walther Küchler. it 1039

Vom Abschied. Eine Gedichtsammlung. Herausgegeben von Margot Litten. Originalausgabe. it 694

Oscar Wilde: Gedichte. Herausgegeben von Norbert Kohl. it 1455

175/3/12.96